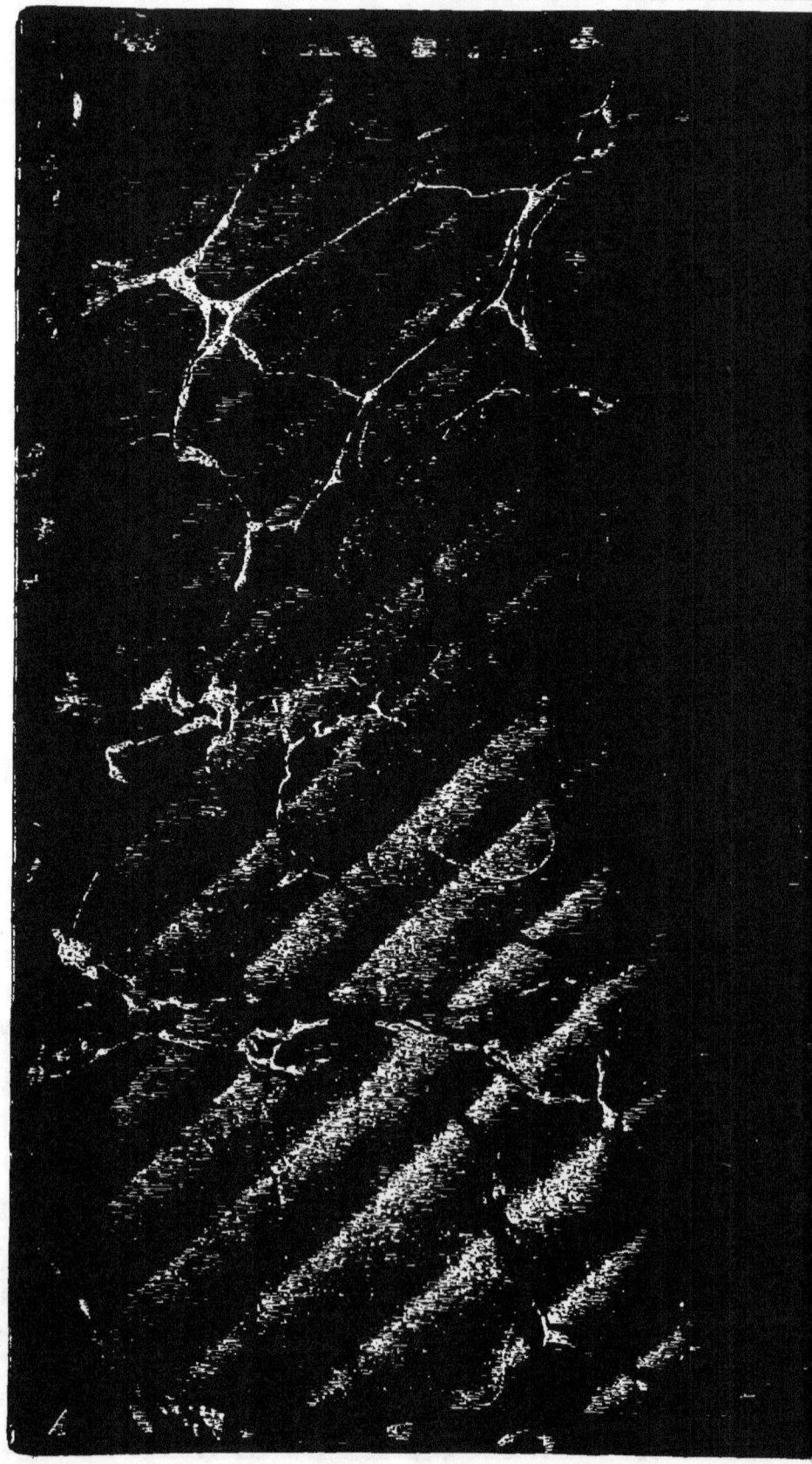

LA FARCE

DE

MAITRE PATHELIN

MISE EN TROIS ACTES, AVEC TRADUCTION
EN VERS MODERNES VIS-A-VIS DU TEXTE DU XVᵉ SIÈCLE,
ET PRÉCÉDÉE D'UN PROLOGUE

PAR

ÉDOUARD FOURNIER

Représentée pour la première fois à la Comédie-Française
le 26 novembre 1872

PARIS

LIBRAIRIE DES BIBLIOPHILES
Rue Saint-Honoré, 338

—

M DCCC LXXII

LA FARCE

DE

MAITRE PATHELIN

TIRAGE

500 exemplaires sur papier de Hollande (n°s 31 à 530).

15 — sur papier de Chine (n°s 1 à 15).

15 — sur papier Whatman (n°s 16 à 30).

530 exemplaires numérotés.

500

Gravure sur bois tirée d'une édition originale.

LA FARCE

D E

MAITRE PATHELIN

MISE EN TROIS ACTES, AVEC TRADUCTION
EN VERS MODERNES VIS-A-VIS DU TEXTE DU XVe SIÈCLE,
ET PRÉCÉDÉE D'UN PROLOGUE

PAR

ÉDOUARD FOURNIER

*Représentée pour la première fois à la Comédie-Française
le 26 novembre 1872*

PARIS

LIBRAIRIE DES BIBLIOPHILES
Rue Saint-Honoré, 338

M DCCC LXXII

PRÉFACE

NOTRE *intention était de faire précéder d'un travail historique aussi complet que possible la* « *restitution* » *ou* « *traduction en vers modernes* » *de la* FARCE DE PATHELIN, *que vient de jouer la Comédie-Française, et que nous publions ici.*

Nous y avons renoncé pour plusieurs raisons, dont les principales sont le manque d'espace et le manque de temps.

Le succès de la représentation a été incontestable ; il est de notre devoir de prouver qu'il n'a pas été surpris, en nous hâtant de donner au public les moyens de juger que la pièce applaudie par lui est bien celle du XVe siècle, et que notre seule tâche a été de la « restituer ».

Or il n'y a qu'une prompte publication, faite, comme l'est celle-ci, avec les deux textes en regard, qui puisse lui donner ce moyen de contrôle immédiat.

Nous avons par conséquent tout sacrifié à l'exigence d'une publicité sans ajournement possible, à la promptitude de mise au jour.

Notre travail ici n'est pas d'érudition, mais de littérature, il ne faut donc que quelques explications historiques.

Plusieurs bons juges qui ont entendu notre Prologue nous assurent qu'il y suffit, et nous les en croyons.

Il s'est, nous dit-on, fort bien fait comprendre, mais certainement la verve de Mlle Marie Royer, qui joue la Farce *avec tant d'esprit et d'éclat, en compagnie de Mlle Lloyd, la* Comédie, *qui lui donne la réplique si bien et de si haut, doit y être pour beaucoup.*

L'étude érudite que comporte le Pathelin *ne pouvait être qu'ailleurs, aussi est-ce ailleurs que nous l'avons mise. Au même moment où paraîtra ce petit volume, nous en publierons un autre, bien plus considérable, le* THÉATRE FRANÇAIS

AVANT LA RENAISSANCE, *dans lequel se trouve* Pathelin, *avec l'escorte de notice et de notes dont il a besoin quand du théâtre il passe dans l'histoire, et avec l'accompagnement d'autres farces du même temps, mais non du même mérite, qui, par la comparaison, ne feront que mieux ressortir sa supériorité.*

Cette supériorité, qui en fit la fortune il y a quatre siècles, vient encore d'en faire le succès.

Il est, nous le répétons, incontestable, et il nous cause le plus vif plaisir, non parce que nous y sommes pour quelque chose, mais parce que le public, en applaudissant, a bien voulu consacrer la véritable conquête dont cette « restitution » dote le théâtre français.

Les lettrés, qui doivent tous connaître et comprendre la pièce même, n'en feront peut-être pas grand cas; mais, pour les spectateurs ordinaires, elle aura certainement son prix.

Jusqu'ici, ils pouvaient penser que la farce de Maître Pathelin *était une comédie du XVIII⁰ siècle, due tout entière à Brueys, qui la mit en prose sans l'avoir beaucoup comprise, et rajeunie, il y a quinze ans à peu près, en opéra-comique.*

Aujourd'hui ils sauront que la comédie et l'opéra-comique viennent l'un et l'autre de la vieille

a

farce, et que celle-ci a quatre cents ans d'âge, c'est-à-dire deux siècles de plus que Corneille et Molière.

Ces deux siècles sont la conquête dont nous parlions. Notre théâtre devient ainsi l'aîné, l'ancêtre de tous les théâtres européens, et non pas un aîné, un ancêtre barbare, mais un véritable Français déjà.

Nous n'avons rien négligé pour le faire comprendre, et ce qu'il nous a fallu de peine ne peut se calculer; mais nous sommes récompensé au delà de nos vœux : on a compris, la conquête est faite; l'esprit français, qui s'est reconnu, est remonté d'un bond à deux siècles plus loin que Molière.

Au lieu de dater son théâtre du temps de Louis XIII, il le datera du règne de Louis XI, peut-être même de celui de Charles VII.

Pour nous, en effet, la vraie date du Pathelin *doit être là, tout près de l'invasion anglaise, comme son réveil, hélas! tout près de l'invasion allemande.*

Nous rentrons avec lui en pleine possession des origines de notre esprit.

Ne nous en éloignons plus, soyons définitivement nous mêmes.

Un pays qui laisse envahir son génie par les

œuvres de l'esprit des autres, et son originalité par l'imitation des littératures étrangères, se prépare inévitablement à l'autre invasion.

Nous ne resterons pas sur cette idée sinistre, nous reviendrons pour finir au succès de Pathelin ressuscité.

Il le doit, ce succès, à lui-même, et à la façon dont la Comédie-Française l'a fait revivre, avec l'admirable mise en scène de M. Perrin, la verve étonnante de Mlle Jouassain-Guillemette, l'adorable bonhomie de Barré-Guillaume, l'art madré d'Ernest Coquelin Aignelet, l'incomparable ahurissement de Kime-le Juge, et le talent de Got, monté pour le rôle de Pathelin jusqu'au suprême du génie comique, en ses nuances d'esprit, de verve, de gaieté et de fantaisie les plus diverses.

DISTRIBUTION DES ROLES

A LA COMÉDIE-FRANÇAISE

—

PROLOGUE

LA FARCE,	Mmes ROYER.
LA COMÉDIE,	LLOYD.

PIÈCE

PATHELIN,	MM. GOT.
GUILLAUME,	BARRÉ.
LE JUGE,	KIME.
AIGNELET,	COQUELIN cadet.
GUILLEMETTE,	Mme JOUASSAIN.

PROLOGUE

LA COMÉDIE — LA FARCE

LA COMÉDIE.

Donc vous êtes la Farce, et vous osez le dire
Ici!

LA FARCE.

Pourquoi donc pas, puisqu'ici j'ose rire,
Et comme on riait au bon temps,
Non comme vous, du bout des dents,
Madame de la Comédie?

LA COMÉDIE.

Vous comparer à moi! Vous êtes bien hardie!
Vous le prenez là...

PROLOGUE.

LA FARCE.

Comme il faut.
C'est vous qui le prenez trop haut.
Vous n'êtes que mon écolière.

LA COMÉDIE.

Ah ! je vous trouve enfin par trop familière !

LA FARCE.

Quand nous allions, souvenez-vous,
Tenant bras dessus, bras dessous,
Toutes les deux l'ami Molière,
Vous n'étiez pas si cavalière
Avec moi : caresse, douceur,
Sourire, accueillaient votre sœur.

LA COMÉDIE.

Vous ma sœur !

LA FARCE.

Certes, et l'aînée
De beaucoup. Je suis même née
— Mais ceci tout bas entre nous —
Un peu plus française que vous.

LA COMÉDIE.

Par exemple ! je suis alors...

LA FARCE.

Une étrangère,

Que fit admettre à la légère
La mode, qu'on prit pour le goût.
Vous venez un peu de partout :
Grecs, Latins de la Renaissance,
Furent de votre connaissance
Intime, et, sous prétexte d'art,
Vous barbouillèrent de leur fard.
Il vous en reste sur la joue.
Moi, le latin me désavoue,
Hélas! pauvre Caquet bon-bec,
Et je ne comprends pas le grec.
Vos grâces se sont arrangées
De leurs vieilles fleurs mélangées ;
Puis en vos premières saisons
Vous y joignîtes les façons
D'une intrigante d'Italie.
Puis...

LA COMÉDIE.

Encor!

LA FARCE.

Certes, car j'oublie
Ce que vous avez d'espagnol!
Moi, je suis la fille du sol ;
J'ai—la plus fière en serait vaine—
Du sang de France en chaque veine.
Le seul vrai rire où je me plais
Rit dans Molière et Rabelais ;
Je vis de l'air, des folles courses,
Et n'ai pour fard que l'eau des sources.

L'esprit gaulois qui me lança
A travers pays me dit : « Çà,
Parle, chante, mords et fais rire. »
Un coin de borne pour écrire
Tout : pièces, rôles, écriteaux;
Pour scène, deux mauvais tréteaux;
Pour décors, quelques pans de toile,
Et pour lustre, la belle étoile :
Tel fut, en gros comme en détail,
Mon théâtre, nu, mais sans bail.

LA COMÉDIE.

Qui jouait?

LA FARCE.

Tout le monde...

LA COMÉDIE.

Ah! troupe...

LA FARCE.

Toujours prête.

LA COMÉDIE.

Et vous couriez?

LA FARCE.

Partout.

LA COMÉDIE.

Vous aviez?

LA FARCE.

La charrette.

Le rire marquait nos relais.
Jusque chez les clercs du Palais,
Je vins... aux halles...

LA COMÉDIE.

Pouah !

LA FARCE.

Soit! cela sent la crotte.

LA COMÉDIE.

Un peu.

LA FARCE.

La craint-on lorsqu'on trotte,
Le pied léger, en jupon court?
Et, vif comme moi, mon vers court.

LA COMÉDIE.

Ta, ta, ta, ta, ta, ta, ta, ta! quel rhythme étrange !

LA FARCE.

Le mien.

LA COMÉDIE.

Toujours?

LA FARCE.

Toujours.

LA COMÉDIE.

Changez.

LA FARCE.

> *Pour perdre au change?*
> *Non, gardez votre alexandrin.*
> *Je ne vais pas du même train*
> *Que le* Cid *ou le* Misanthrope,
> *Je prends donc le vers qui galope.*

LA COMÉDIE.

Et que nous direz-vous sur ce rhythme au galop?

LA FARCE

Pathelin.

LA COMÉDIE.

L'Avocat! Ah! je le connais trop.

LA FARCE.

Non.

LA COMÉDIE.

Comment?

LA FARCE.

> *Soit dit sans reproche :*
> *Moi, c'est celui de la Bazoche,*
> *Le vrai, que j'apporte céans,*
> *Qui devança de deux cents ans*
> *Molière. Je veux qu'il renaisse,*
> *Pour bien fixer le droit d'aînesse*
> *Que l'on conteste à l'art français.*
> *Il viendra battre en ce procès*

L'art allemand, dont l'humble étrenne
N'était qu'une farce foraine,
Quand Pathelin *riait ici;*
Et l'art de l'Angleterre aussi,
Car il vint bien avant Shakespeare.
Il a, soyons fiers de le dire,
Ce vieux vin que rien n'a gâté,
Quatre siècles, tout bien compté.

LA COMÉDIE.

Grand merci de la nouveauté!

LA FARCE.

Mais, dame! il faudra qu'on le prenne,
Comme le fruit, d'après sa graine,
Tel qu'il est, retors et matois,
Avec son style, et ses patois.

LA COMÉDIE.

Ses patois!

LA FARCE.

Le drôle en dégoise
Sept coup sur coup, qu'il entrecroise,
Qu'il mêle et brouille, fin et dru,
Chacun avec l'accent du cru.

LA COMÉDIE.

Bizarrerie!

LA FARCE.

Indispensable :
La farce alors, la véritable,

Eut toujours son coin de jargon.
De là même lui vint son nom.
Pour être vraie et réussie,
Il fallait qu'elle fût farcie,
—Notez ce mot— de quelques vers
Pris à des baragouins divers.

LA COMÉDIE.

Avec un avocat la partie était belle :
Sept langues à la fois! pour cette kirielle
De mots, de tons, d'accents de toutes les couleurs,
On ne pouvait trouver mieux qu'un de ces parleurs
Dont il faut qu'au palais la voix nous assourdisse
Et qui n'ont jamais trop de bruits à leur service.
Et la pièce? Y voit-on du moins un peu d'amour?

LA FARCE.

Non.

LA COMÉDIE.

Non! Décidément, vous n'êtes pas du jour.
Donc, vieux mot, vieil esprit, vieux types, et le reste.

LA FARCE.

Vieux mots, c'est vrai.

LA COMÉDIE.

Gros et menus.

LA FARCE.

Gros surtout.

PROLOGUE.

LA COMÉDIE.

Peste!

LA FARCE.

Entendrez-vous sans vous fâcher :
« Rigoler »?

LA COMÉDIE.

Diable!

LA FARCE.

« Remoucher »?

LA COMÉDIE.

Oh!

LA FARCE.

C'est du temps.

LA COMÉDIE.

La langue était familière.

LA FARCE.

D'autres encore...

LA COMÉDIE.

Oh! oh !

LA FARCE.

Mais qui sont dans Molière.

LA COMÉDIE.

Soit.

LA FARCE.

     Un dernier petit détail —
Pour vous épargner le travail
Dont le plus érudit s'effraye :
— Alors, le sou, noble monnaie,
Qu'on fit bien déchoir de son rang,
Valait ce que vaut notre franc ;
Pour l'écu d'or, valeur courante,
Il en fallait aligner trente.
Cela dit, suivez jusqu'au bout,
Et, s'il se peut, prenez en goût
Notre farce. Dans la lumière
De sa naïveté première
On veut la remettre aujourd'hui.
Plus rien ne lui viendra d'autrui.
On la verra comme elle est née.
Sa robe un peu vieille et fanée
Avait perdu de ses couleurs,
On en a ravivé les fleurs,
Mais d'une main tendre, discrète.
Pour quelques mots qui sont partis
S'il en est d'autres qu'on lui prête,
Ils sont de leur mieux assortis.
En s'ingéniant pour la rendre
Telle que jadis elle a plu,
Il fallait la faire comprendre :
C'est tout ce que l'on a voulu.
La voici donc, je vous le jure,
En l'état de simple nature,
Sans oripeaux, sans falbalas,

Mais aussi sans morale, hélas!
On y va corsaire à corsaire,
Et le vol s'y fait fanfaron.
Si la morale est nécessaire,
Je n'en verrai qu'une sincère :
Celle du troisième larron.

LA COMÉDIE.

Et l'auteur? Quel est il? vous devez, je suppose
Le savoir...

LA FARCE.

Non.

LA COMÉDIE.

Serait-ce une énigme?

LA FARCE.

Sans clé.

Je n'en parle pas, et pour cause :
Lui-même, hélas! n'a pas parlé.

LA COMÉDIE.

François Villon?

LA FARCE.

Qui sait? le drôle
Eut tout de l'œuvre : adresse, esprit;
Fripon, il eût joué le rôle,
Et poëte, il l'aurait écrit.
Bref, entre beaucoup on balance,

PROLOGUE.

Chaque ville voudrait le sien ;
Ne lui faisons pas violence.
Pour le laisser dans son silence,
Le mieux est de n'en dire rien.

LA COMÉDIE.

Et de commencer.

LA FARCE.

Je commence.

LA COMÉDIE.

Amuserez-vous ?

LA FARCE.

Je le pense.

LA COMÉDIE.

Moi j'en doute.

LA FARCE.

Nous verrons bien.

LA FARCE

DE MAITRE

PIERRE PATHELIN

A CINQ PERSONNAGES.

———

Maitre Pierre Pathelin.

Dame Guillemette, sa femme.

Maitre Guillaume Joceaume, drapier, badaud
de Paris.

Thibault Aignelet, berger de maître Guillaume.

Le Juge.

———

La scène est à Paris, près Saint-Innocent.

ACTE Iᵉʳ

SCÈNE Iʳᵉ

PATHELIN, GUILLEMETTE.

—

Maistre Pierre commence.

Saincte Marie ! Guillemette,
Pour quelque paine que je mette
A cabasser, n'a ramasser,
Nous ne povons rien amasser :
Or vy-je que j'avocassoye.

Guillemette.

Par Nostre Dame ! je y pensoye,
Dont on chante en avocassaige ;
Mais on ne vous tient pas si saige
De quatre pars, comme on souloit.
Je vy que chascun vous vouloit
Avoir, pour gaigner sa querelle ;
Maintenant chascun vous appelle
Par tout : Avocat dessoubz l'orme.

ACTE Ier

SCÈNE Ire

PATHELIN, GUILLEMETTE.

—

PATHELIN.

Par notre Dame, Guillemette,
Quel que grand' peine que je mette
A ruse sur ruse entasser,
Nous ne pouvons rien amasser.
Comme jadis que ne plaidé-je?

GUILLEMETTE.

Aussi, Sainte Vierge, y pensais-je,
Mais on ne vous tient plus, je vois,
Sage du tout comme autrefois.
Chacun, pour gagner sa querelle,
Lors vous vouloit, qui vous appelle
Avocat sous l'orme.

Pathelin.

Encor' ne le dis-je pas, pour me
Vanter ; mais n'a, au territoire
Où nous tenons nostre auditoire,
Homme plus saige, fors le maire.

Guillemette.

Aussi, a-il leu le grimoire,
Et aprins à clerc longue piece.

Pathelin.

A qui vcez-vous que ne despieche
Sa cause, et je m'y vueil mettre ?
Et si n'aprins oncques à la lettre,
Que ung peu ; mais je m'ose vanter
Que je sçay aussi bien chanter
Au livre, avecques nostre prestre,
Que se j'eusse esté à maistre
Autant que Charles en Espaigne.

Guillemette.

Que nous vault cecy ? Pas un peigne.
Nous mourons de fine famine ;
Noz robes sont plus qu'estamine
Reses ; et ne povons sçavoir
Comment nous en peussons avoir.
Et que nous vault vostre science ?

PATHELIN.

Chansons!
Sans me vanter, où nous plaidons,
Nul n'est plus sage, fors le maire.

GUILLEMETTE.

Lui du moins sait-il la grammaire,
Et, grand clerc, en remontre à tous.

PATHELIN.

Quand on s'y met, où voyez-vous
Cause qu'on ne dépèce en maître?
Si jamais je n'appris la lettre
Que bien peu, je m'ose vanter
Que je sais aussi bien chanter
Au lutrin, et le prêtre y suivre
Que si j'avais mis sur un livre
Tout le temps que Charles alla
En Espagne.

GUILLEMETTE.

Hé! que vaut cela?
Pas un peigne. On meurt de famine,
Nos habits sont plus qu'étamine
Rapés, et ne pouvons savoir
Quels autres on pourroit avoir.
Et que nous vaut votre science?

Pathelin.

Taisez-vous. Par ma conscience,
Si je vueil mon sens esprouver,
Je sçauray bien où en trouver,
Des robbes et des chapperons !
Se Dieu plaist, nous eschapperons,
Et serons remis sus en l'heure.
Dea, en peu d'heure Dieu labeure :
Car, s'il convient que je m'applicque
A bouter avant ma practique,
On ne sçaura trouver mon per.

Guillemette.

Par saint Jacques ! non, de tromper ;
Vous en estes un fin droict maistre.

Pathelin.

Par celuy Dieu qui me fit naistre !
Mais de droicte avocasserie...

Guillemette.

Par ma foy ! mais de tromperie :
Combien vrayement je m'en advise,
Quant, à vray dire, sans clergise,
Et de sens naturel, vous estes
Tenu l'une des saiges testes
Qui soit en toute la paroisse.

PATHELIN.

Taisez-vous. Par ma conscience !
Si je puis mon savoir prouver,
Je saurai bien comment trouver
Robes, chaperons. Qu'à Dieu plaise !
Nous aurons bonheur et grande aise.
Qu'il veuille, nous échapperons
A pauvreté ; ses soins sont prompts,
Nous serons remis, quoi qu'il faille,
Car en peu d'heure Dieu travaille.
S'il lui plaît que je pousse avant
Ma pratique, aucun plus savant
Ne sera vu.

GUILLEMETTE.

Pour tromperie...

PATHELIN.

Non, pour droite avocasserie.

GUILLEMETTE.

Pour tromperie, ai-je dit. Tel
Vous êtes de sens naturel
Plus que pas un dans la paroisse.

Pathelin.

Il n'y a nul qui se cognoisse
Si hault en avocation.

Guillemette.

M'aist Dieu, mais en trompacion.
Au moins, en avez-vous le los.

Pathelin.

Si ont ceulx qui de camelos
Sont vestuz, et de camocas,
Qui dient qu'ilz sont avocas,
Mais pourtant ne le sont-ilz mie.
Laissons en paix cest baverie;
Je m'en vueil aller à la foire.

Guillemette.

A la foire?...

Pathelin.

Par saint Jehan! voire :
A la foire, gentil' marchande,
Vous desplaist-il, se je marchande
Du drap, ou quelque autre suffrage
Qui soit bon à nostre mesnage?
Nous n'avons robe qui rien vaille.

PATHELIN.

Je n'y vois nul qui se connoisse
A plaider haut comme moi...

GUILLEMET *E.

Non,
A bien tromper. C'est le renom
Qu'on vous fit, et c'est bien le vôtre.

PATHELIN.

Allez! j'en connois plus d'un autre
Sous sa robe de camocas,
Qui dit être des avocats,
Et qui n'en est pas davantage.
Laissons en paix ce bavardage.
Je vais à la foire.

GUILLEMETTE.

Plaît-il?

PATHELIN.

J'y puis voir quelque objet gentil
De ménage, à ma fantaisie,
Ou du drap. Que diroit ma mie
Si, lors, j'allois le marchander,
Ou mieux nous en accommoder?
Nous n'avons robe qui rien vaille.

2

Guillemette.

Vous n'avez ne denier ne maille,
Que ferez-vous ?

Pathelin.

Vous ne sçavez.
Belle dame, se vous n'avez
Du drap, pour nous deux largement,
Si me desmentez hardiment.
Quel' couleur vous semble plus belle?
D'ung gris vert? d'ung drap de Brucelle?
Ou d'autre? Il me le faut sçavoir.

Guillemette.

Tel que vous le pourrez avoir :
Qui empruncte ne choisit mye.

Pathelin, en comptant sur ses doigts.

Pour vous, deux aulnes et demye,
Et, pour moy, trois, voire bien quatre,
Ce sont...

Guillemette.

Vous comptez sans rabattre
Qui dyable les vous prestera ?

SCÈNE I.

GUILLEMETTE.

Vous n'avez ni denier, ni maille,
Que ferez-vous?

PATHELIN.

N'ayez souci.
Bientôt si je n'apporte ici,
Belle dame, ma pleine charge
De drap pour nous deux long et large,
Donnez-m'en bien le démenti.
Encor le faut-il assorti.
Quelle couleur vous est plus belle?
D'un gris vert? d'un drap de Bruxelle?
Ou d'autre?

GUILLEMETTE.

Emprunteur n'a le choix.

PATHELIN, *comptant sur ses doigts*.

Ça pour vous deux aunes, et trois
Pour moi, j'irai bien même à quatre.
C'est donc...

GUILLEMETTE.

Vous comptez sans rabattre.
Qui diable vous les prêtera?

Pathelin.

Que vous en chault qui ce sera?
On me les prestera vrayement,
A rendre au jour du Jugement :
Car plus tost ne sera-ce point.

Guillemette.

Avant, mon amy, en ce point,
Quelque sot en sera couvert.

Pathelin.

J'acheteray ou gris ou vert.
Et, pour ung blanchet, Guillemette,
Me fault trois quartiers de brunette,
Ou une aulne.

Guillemette.

   Se m'aist Dieu, voire !
Allez, n'oubliez pas à boire,
Se vous trouvez Martin Garant.

Pathelin.

Gardez tout.
  Il sort.

PATHELIN.

Et que vous fait qui ce sera,
Si je vous en donne la fête,
Si je trouve qui me les prête
A rendre au jour du jugement,
Et non pas plus tôt, croyez-m'en.

GUILLEMETTE.

En ce point, quelque sot, je jure,
Les aura pour sa couverture
Auparavant.

PATHELIN.

               J'achèterai
Donc gris ou vert, c'est assuré,
Et pour le dessous, Guillemette,
En plus, trois quartiers de brunette,
Ou l'aune entière...

GUILLEMETTE.

               Quel chaland !
Si vous trouvez Martin Garant,
N'oubliez avec lui de boire.

PATHELIN.

Gardez tout.

ACTE I.

Guillemette, seule.

Hé dieux! quel marchant?
Pleust or à Dieu qu'il n'y veist goutte!

SCÈNE II.

PATHELIN, PUIS GUILLAUME.

—

Pathelin, devant la boutique du drapier.

N'est-ce pas ylà? J'en fais doubte.
Or si est; par saincte Marie!
Il se mesle de drapperie.

Il entre.

Dieu y soit!

Guillaume Joceaume, drappier.

Et Dieu vous doint joye!

GUILLEMETTE.

Rencontrer en foire
Un marchand qui n'y verra rien,
Et lui vendra!... Plût à Dieu!

———

SCÈNE II.

PATHELIN, puis GUILLAUME.

—

PATHELIN.

Bien!
C'est là, non, oui. Sainte Marie!
Il se mêle de draperie.
Dieu vous aide...

GUILLAUME.

Et vous.

Pathelin.

Or ainsi m'aist Dieu, que j'avoye
De vous veoir grant voulenté !
Comment se porte la santé ?
Estes-vous sain et dru, Guillaume ?

Le Drappier.

Ouy, par Dieu !

Pathelin.

      Çà, ceste paulme,
Comment vous va ?

Le Drappier.

      Et bien, vrayement,
A vostre bon commandement.
Et vous ?

Pathelin.

    Par sainct Pierre l'apostre
Comme celuy qui est tout vostre.
Ainsi, vous esbatez ?

PATHELIN.

Volonté
J'eus de vous voir. Et la santé?
Êtes-vous sain et dru, Guillaume?

LE DRAPIER.

Oui dà.

PATHELIN.

Topez dans cette paume,
Et comment vous va?

LE DRAPIER.

Bien vraiment,
A votre bon commandement,
Vous aussi?

PATHELIN.

Saint Pierre l'apôtre!
Comme quelqu'un de cœur tout vôtre.
Et marchandise? et ces ébats?

3

Le Drappier.

Et voire!
Mais marchans, ce devez-vous croire,
Ne font pas tousjours à leur guise.

Pathelin.

Comment se porte marchandise?
S'en peut-on ne soigner ne paistre?

Le Drappier.

Et, se m'aist Dieu, mon doulx maistre,
Je ne sçay; tousjours hay! avant!

Pathelin.

Ha! qu'estoit ung homme sçavant!
Je requier Dieu qu'il en ait l'ame,
De vostre pere. Doulce Dame!
Il m'est advis tout clerement
Que c'est-il de vous proprement.
Qu'estoit ce ung bon marchand et saige!
Vous luy ressemblez de visaige,
Par Dieu, comme droicte painture.
Se Dieu eut oncq' de creature
Mercy, Dieu vray pardon luy face
A l'ame!
Le Drappier.

Amen, par sa grace,
Et de nous, quand il luy plaira!

LE DRAPIER.

A sa guise l'on ne fait pas
Tout.

PATHELIN.

　　Marchandise donne à paître
Au moins?

LE DRAPIER.

　　Ne sais trop, mon doux maître,
Mais je vais toujours de l'avant.

PATHELIN.

Que c'étoit un homme savant —
Veuille le ciel avoir son âme —
Feu votre père! Douce dame!
Il m'est avis, et clairement
Que, vous, c'est tout lui proprement.
Qu'il était bon marchand, et sage!
Vous lui ressemblez de visage.
Qui vous voit, vraiment voit ici
Sa peinture. Dieu fait merci
A bonne âme : il lui doit sa grâce.

LE DRAPIER.

Amen! et que de même il fasse
A nous deux, quand il lui plaira.

Pathelin.

Par ma foy, il me desclaira,
Maintefois et bien largement,
Le temps qu'on voit presentement.
Moult de fois m'en est souvenu.
Et puis lors il estoit tenu
Ung des bons...

Le Drappier.

Seez-vous, beau sire :
Il est bien temps de le vous dire;
Mais je suis ainsi gracieux.

Pathelin.

Je suis bien, par Dieu, precieux.
Il avoit...

Le Drappier.

Vrayement, vous seerez...

Pathelin.

Voulentiers. Ha! que vous verrez
Qu'il me disoit de grans merveilles!
Ainsi, m'aist Dieu! que des oreilles,
Du nez, de la bouche, des yeulx,
Oncq' enfant ne ressembla mieulx
A pere. Quel menton forché !
Vrayement, c'estes-vous tout poché...
Or, sire, la belle Laurence,
Vostre belle ante, mourut-elle?

PATHELIN.

Maintes fois il me déclara,
De façon abondante et claire,
Ce qu'en notre temps on voit faire.
Souvent il m'en est souvenu.
Aussi, lors, il étoit tenu
Un des bons.

LE DRAPIER.

Seyez-vous, beau sire.
Il est bien temps de vous le dire,
Mais je suis ainsi gracieux.

PATHELIN.

Je suis bien. — La bouche, les yeux...

LE DRAPIER.

Seyez...

PATHELIN.

Soit ! le nez, les oreilles
Ressemblent, que ce sont merveilles,
A votre père, tout craché,
Et même le menton fouché.
Oui, vous, c'est lui sans différence.
Et la belle tante Laurence?
Morte?

Le Drappier.

Nenny dea.

Pathelin.

Que la vy-je belle,
Et grande, et droicte, et gracieuse !
Par la Mere-Dieu precieuse,
Vous luy ressemblez de corsaige,
Comme qui vous eust fait de naige.
En ce pays n'a, ce me semble,
Lignage qui mieulx se ressemble...
Quel vaillant bachelier c'estoit,
Le bon preud'homme! et si prestoit
Ses denrées à qui les vouloit.
Dieu lui pardoint! Il me souloit
Tousjours de si très-bon cueur rire !
Pleust à Jesus-Christ, que le pire
De ce monde luy ressemblast !
On ne tollist pas, ne n'emblast
L'ung à l'autre, comme l'en faict !
Que ce drap icy est bien faict !
Qu'est-il souef, doulx, et traictis !

Le Drappier.

Je l'ay faict faire tout faictis
Ainsi des laines de mes bestes.

LE DRAPIER.

Nenni.

PATHELIN.

Votre maintien
Beau, grand et droit est tout le sien.
Oui, tels ses yeux, sa taille telle.
Ah ! qu'autrefois je la vis belle !
Vous futes tous les deux, allez,
Dans la même pâte moulés.
En ce pays il n'est, me semble,
Famille où mieux on se ressemble.
Quel vaillant bachelier c'étoit
Votre père ! Et comme il prêtoit,
Le bon prudhomme, ses draps ! Rire
Fut sa coutume. Ah ! si le pire
Des gens pouvoit lui ressembler,
On ne verroit pas tant voler.
Que ce drap est de fine laine !
A le prendre, on a la main pleine.
D'où vous vint-il, si doux, si frais ?

LE DRAPIER.

Je l'ai fait faire tout exprès
Ainsi de laines de mes bêtes.

Pathelin.

Hen, hen, quel mesnagier vous estes!
Vous n'en ystriez pas de l'orine
Du pere, vostre corps ne fine
Incessament de besoingner!

Le Drappier.

Que voulez-vous? Il faut soingner,
Qui veult vivre et soustenir paine.

Pathelin.

Cestuy-cy est-il taint en laine?
Il est fort comme ung courdouen.

Le Drappier.

C'est ung très-bon drap de Rouen,
Je vous prometz, et bien drappé,

Pathelin.

Or vrayement j'en suis attrapé;
Car je n'avoye intention
D'avoir drap, par la passion
De Nostre Seigneur! quand je vins.
J'avoye mis à part quatre vingts
Escus, pour retraire une rente:
Mais vous en aurez vingt ou trente,
Je le voy bien; car la couleur
M'en plaist très-tant, que c'est douleur.

PATHELIN.

Hen! hen! quel ménager vous êtes!
Comme le père. A besogner
On ne se lasse.

LE DRAPIER.

Il faut soigner
Tout pour vivre et gagner sa peine.

PATHELIN.

C'est cuir de Cordoue, et non laine
Ceci.

LE DRAPIER.

C'est bon drap bien drapé
De Rouen.

PATHELIN.

J'en suis attrapé.
Je n'avois — soit dit sans feintise, —
Intention ni convoitise
D'avoir du drap lorsque je vins.
J'avois mis à part quatre-vingts
Écus pour l'achat d'une rente,
Mais vous en aurez vingt ou trente,
Je le vois. Ce drap, sa couleur
Me plaisent tant, que c'est douleur.

4

Le Drappier.

Escus? Voire, se peut-il faire
Que ceulx, dont vous devez retraire
Ceste rente, prinssent monnoye?

Pathelin.

Et ouy dea, se je le vouloye;
Tout m'en est ung en payement.
Quel drap est cecy? Vrayement,
Tant plus le voy, et plus m'assotte.
Il m'en fault avoir une cotte,
Brief, et à ma femme de mesme.

Le Drappier.

Certes, drap est cher comme cresme!
Vous en aurez, se vous voulez:
Dix ou vingt francs y sont coulez
Si tost!   .

Pathelin.

> *Ne m'en chault, couste et vaille!*
Encor' ay-je denier et maille
Qu'oncq' ne virent pere ne mere.

Le Drappier.

Dieu en soit loué! Par sainct Pere,
Il ne m'en desplairoit empiece.

LE DRAPIER.

Des écus ! lorsque l'on achète
Une rente ! Alors qui vend, prête.
Donc, pas d'écus .

PATHELIN.

Certainement,
Si je voulois. Pour un payement,
Tout m'est égal ; ce drap m'assotte.
Il m'en faut avoir une cotte,
Et ma femme aussi.

LE DRAPIER.

Soit, parlez,
Mais dix vingt francs y sont coulés
Vite. Ils sont chers.

PATHELIN.

Bath ! Coûte et vaille !
Encore ai-je denier et maille,
Que père et mère n'ont pas vus
En un coin pour cas imprévus.

LE DRAPIER.

J'en tâterois bien.

Pathelin.

Brief, je suis gros de ceste piece ;
Il m'en convient avoir.

Le Drappier.

                Or bien,
Il convient adviser combien
Vous en voulez? Premierement,
Tout est à vostre commandement,
Quant que il y en a en la pille !
Et n'eussiez-vous ne croix ne pille.

Pathelin.

Je le sçay bien : vostre mercy !

Le Drappier.

Voulez-vous de ce pers cler cy ?

Pathelin.

Avant, combien me coustera
La premiere aulne? Dieu sera
Payé des premiers ; c'est raison :
Vecy ung denier; ne faison
Rien qui soit, où Dieu ne se nomme.

Le Drappier.

Par Dieu, vous estes un bonhomme,
Et m'en avez bien resjouy !
Voulez-vous à ung mot ?

PATHELIN.

Mon envie
Pour cette pièce est maladie
De femme grosse, il m'en faut.

LE DRAPIER.

Bien,
Mais il faut aviser combien.
Voyez, la pile est sans reproche,
Tout à vous, n'eussiez vous en poche
Croix ni pile.

PATHELIN.

Je sais : merci.

LE DRAPIER.

Voulez-vous de ce bleu clair-ci?

PATHELIN.

Dites quel prix je devrai mettre
Pour chaque aune. Mais Dieu doit être,
C'est raison, payé le premier.
Ne faisons — voici son denier —
Rien qui soit où Dieu ne se nomme.

LE DRAPIER.

Par Dieu vous êtes un brave homme,
Et qui m'avez tout réjoui.
Vous faut-il mon dernier mot?

Pathelin.

Ouy.

Le Drappier.

Chascune aulne vous coustera
Vingt et quatre solz?

Pathelin.

Non sera.
Vingt et quatre solz! Saincte Dame!

Le Drappier.

Il le m'a cousté, par ceste ame!
Autant m'en fault, se vous l'avez...

Pathelin.

Dea, c'est trop.

Le Drappier.

Ha! vous ne sçavez
Comment le drap est enchery?
Trestout le betail est pery,
Cest yver, par la grant froidure.

Pathelin.

Vingt solz, vingt solz.

PATHELIN.

Oui.

LE DRAPIER.

Vingt-quatre sous l'aune.

PATHELIN.

Trédame!
Vingt-quatre sous, non.

LE DRAPIER.

Par cette âme!
Il me le coûte. Je perdrais
Du mien, si je vous le livrais
A moins.

PATHELIN.

C'est trop!

LE DRAPIER.

Ah! mon doux maître,
Vous ne pouvez pas tout connaître.
Le drap est beaucoup enchéri,
Tout notre bétail a péri,
Cet hiver par la grand' froidure.

PATHELIN.

Vingt sous, vingt...

Le Drappier.

Et je vous jure
Que j'en auray ce que je dy.
Or attendez à samedy :
Vous verrez que vault? La toyson,
Dont il souloit estre foyson,
Me cousta, à la Magdeleine,
Huict blancs, par mon serment, de laine,
Que je soulois avoir pour quatre.

Pathelin.

Par le sang bieu! sans plus debattre,
Puis qu'ainsi va, donc je marchande;
Sus, aulnez?

Le Drappier.

Et je vous demande
Combien vous en faut-il avoir?

Pathelin.

Il est bien aysé à sçavoir.
Quel lé a-il?

Le Drappier.

Lé de Brucelle.

LE DRAPIER.

Au marché, je jure,
J'en aurois mon prix. La toison
Qui d'ordinaire est à foison,
Me coûtoit, à la Madeleine,
Huit blancs, j'en jure, d'une laine,
Que j'ai pour quatre en d'autres temps.

PATHELIN.

S'il en est ainsi, je me rends,
Et sans plus débattre, j'achète.
Sus, aunez.

LE DRAPIER.

Mais, je vous répète,
Combien vous en faut-il avoir?

PATHELIN.

Il est aisé de le savoir.
Quel est le lé?

LE DRAPIER.

Lé de Bruxelle.

5

Pathelin.

Trois aulnes pour moy, et pour elle
(Elle est haute) deux et demye.
Ce sont six aulnes... Ne sont mye...
Et ne sont... Que je suis bec jaune !

Le Drappier.

Il ne s'en fault que demye aulne,
Pour faire les six justement.

Pathelin.

J'en prendray six tout rondement ;
Aussi me faut-il chaperon.

Le Drappier.

Prenez-la, nous les aulneron.
Si sont-elles cy, sans rabattre :
Empreu, et deux, et trois, et quatre,
Et cinq, et six.

Pathelin.

                Ventre sainct Pierre !
Ric à ric !

Le Drappier.

                Aulneray-je arriere ?

PATHELIN.

Pour moi trois aunes, et pour elle —
Elle est grande — deux et moitié,
Ce sont six aunes. Ah! pitié
De moi! non, que je suis béjaune!

LE DRAPIER.

Il ne s'en faut que demie aune
Pour faire les six justement.

PATHELIN.

J'en prendrai six tout rondement.
Aussi bien me dois-je, j'y pense,
Un chaperon sur la dépense.

LE DRAPIER.

Sans rabattre, aunons : un, deux, trois,
Quatre, cinq et six ..

PATHELIN.

                    Sainte croix!
Ric à ric!

LE DRAPIER.

    Aunerai-je arrière?

Pathelin.

Nenny, ce n'est qu'une longaigne.
Il y a plus perte ou plus gaigne,
En la marchandise. Combien
Monte tout?

Le Drappier.

Nous le sçaurons bien.
A vingt et quatre solz chascune :
Les six, neuf francs.

Pathelin.

Hen, c'est pour une...
Ce sont six escus?

Le Drappier.

M'aist Dieu! voire.

Pathelin.

Or, sire, les voulez-vous croire,
Jusques à jà quand vous viendrez?
Non pas croire, mais les prendrez
A mon huys, en or ou monnoye.

Le Drappier.

Nostre Dame! je me tordroye
De beaucoup, à aller par là.

PATHELIN.

Non, je suis sûr, ventre saint Pierre,
Avec vous! D'ailleurs je sais bien
Qu'on perd toujours un peu. Combien
Tout?

LE DRAPIER.

A vingt-quatre sous chacune,
Les six neuf francs.

PATHELIN.

                    Que de pécune!
C'est six écus.

LE DRAPIER.

            Vous l'avez dit.

PATHELIN.

Voulez-vous m'en faire crédit
Rien que jusqu'à chez moi, messire?
Crédit n'est pas ce qu'il faut dire,
Car à mon huys vous les prendrez
En or.

LE DRAPIER.

        Vous me détournerez
Beaucoup d'aller par là.

Pathelin.

Hé ! vostre bouche ne parla
Depuis, par monseigneur sainct Gille,
Qu'elle ne dit pas evangile...
Jamays trouver nulle achoison
De venir boire en ma maison :
Or y burez-vous ceste fois.

Le Drappier..

Et, par sainct Jacques, je ne fais
Gueres autre chose que boire.
Je yray ; mais il faict mal d'accroire,
Ce sçavez-vous bien, à l'estraine ?

Pathelin.

Souffist-il, se je vous estraine
D'escus d'or, non pas de monnoye ?
Et si mangerez de mon oye,
Par Dieu ! que ma femme rostit.

Le Drappier.

Vrayement, cest homme m'assotist !
Allez devant : sus, je iray doncques,
Et les porteray.

Pathelin.

Rien quiconques.
Que me grevera-il ? Pas maille,
Soubz mon aisselle.

PATHELIN.

Saint Gille !
Tels mots ne sont pas d'évangile.
Jamais vous n'aurez mieux raison
De venir boire en ma maison.

LE DRAPIER.

Boire est mon fait. J'irai. J'ai peine
A faire crédit sans étrenne...

PATHELIN.

Je vous étrenne d'écus d'or.
N'est-ce assez ? Vous aurez encor
D'une oie à manger, que ma femme
Rôtit à présent.

LE DRAPIER.

Notre-Dame !
Cet homme m'assotit. J'irai.
Sus, partez, et les porterai.

PATHELIN.

Craignez-vous de m'en voir la charge ?
Donnez, ils me seront au large
Sous l'aisselle.

Le Drappier.

Ne vous chaille :
Il vaut mieulx, pour le plus honneste,
Que je le porte.   *,*

Pathelin.

Male feste
M'envoye la saincte Magdaleine,
Se vous en prenez jà la paine!
C'est très-bien dit : dessoubz l'aisselle.
Cecy me fera une belle
Bosse!... Ha! C'est très-bien allé!
Il y aura beu et gallé
Chez moy, ains que vous en saillez.

Le Drappier.

Je vous prie que vous me baillez
Mon argent, dès que j'y seray?

Pathelin.

Feray. Et, par bieu, non feray,
Que n'ayez prins vostre repas
Très-bien : et si ne voudroye pas
Avoir sur moy dequoy payer.
Au moins, viendrez-vous essayer
Quel vin je boy. Vostre feu pere,
En passant, huchoit bien : Compere!
Ou Que dis-tu? ou Que fais-tu?
Mais vous ne prisez un festu,
Entre vous riches, povres hommes!

LE DRAPIER.

        L'honnêteté
Veut...

PATHELIN.

Du diable sois-je emporté,
Si je vous laisse. Sous l'aisselle
Ceci me va faire une belle
Bosse. Ah! nous boirons bien, allez,
Et serons au mieux régalés
Chez moi. De rien l'on ne s'y prive.

LE DRAPIER.

Mais mon argent, dès que j'arrive.

PATHELIN.

C'est dit. Non, vous ne l'aurez pas,
Que n'ayez pris votre repas ;
Non, je n'aurai rien pour la paye
Si d'abord mon vin l'on n'essaye.
Votre feu père me disoit :
« Qu'as-tu, que fais-tu ? » s'il passoit.
Mais pour vous, riches, pauvres hommes
Ne sont plus rien.

6

Le Drappier.

Et, par le sang bieu! nous sommes
Plus povres...

Pathelin.

Voire. Adieu, adieu.
Rendez-vous tantost audict lieu ;
Et nous beurons bien, je me vant' !

Le Drappier.

Si feray-je. Allez devant,
Et que j'aye or !

SCÈNE III.

PATHELIN.

—

Pathelin, seul, dans la rue.

Or ? et quoy doncques ?
Or ! dyable ! je n'y failly oncques !
Non. Or ! Qu'il puist estre pendu !
Endea, il ne m'a pas vendu

LE DRAPIER.

Sangbieu ! nous sommes
Plus pauvres...

PATHELIN.

Croyez-vous ? Adieu.
Rendez-vous tantôt audit lieu
Pour bien boire.

LE DRAPIER.

Allez et que j'aie
De l'or.

SCÈNE III.

PATHELIN.

—

PATHELIN.

Le diable te le paye !
De l'or ! il l'a dit sans moquer.
De l'or ! je n'y saurois manquer ;
Mais que d'abord il s'aille pendre,

A mon mot; ce a esté au sien;
Mais il sera payé au mien.
Il luy faut or? On le luy fourre!
Pleust à Dieu qu'il ne fist que courre,
Sans cesser, jusque à fin de paye!
Sainct Jehan! il feroit plus de voye,
Qu'il n'y a jusque à Pampelune.

Il rentre chez lui.

SCÈNE IV.

LE DRAPPIER.

Le Drappier, dans sa boutique.

Ilz ne verront soleil ny lune,
Les escuz qu'il me baillera,
De l'an, qui ne les m'emblera.
Or, n'est-il si fort entendeur,
Qui ne treuve plus fort vendeur:
Ce trompeur-là est bien bec jaune,
Quand, pour vingt et quatre solz l'aulne,
A prins drap qui n'en vaut pas vingt!

FIN DU PREMIER ACTE.

Il ne voulut, oui dà, me vendre
A mon prix : ce ne fut qu'au sien,
Mais il sera payé du mien.
De l'or ! on a pour lui la bourse,
Plût à Dieu qu'il se mit en course
Sans s'arrêter jusques à fin
De paye, il feroit du chemin,
Saint Jean! plus que d'ici Pamplune.

SCÈNE IV.

LE DRAPIER.

—

LE DRAPIER.

Ils ne verront soleil ni lune,
Ses écus jusqu'au bout de l'an,
Sauf qu'on les vole. A fin chaland,
Marchand plus fin. Fut-il béjaune
Quand pour vingt et quatre sous l'aune,
Venant où je voulois qu'il vint,
Il prit drap qui n'en vaut pas vingt!

FIN DU PREMIER ACTE.

ACTE II

SCÈNE I

PATHELIN, GUILLEMETTE.

—

Pathelin, rentrant chez lui.

En ay-je !

Guillemette.

De quoy?

Pathelin.

*Que devint
Vostre vieille cotte hardie?*

Guillemette.

*Il est grand besoin qu'on le die !
Qu'en voulez-vous faire?*

Pathelin.

*Rien, rien.
En ay-je? Je le disoye bien.
Est il ce drap-cy?*

ACTE II

SCÈNE I

PATHELIN, GUILLEMETTE.

—

PATHELIN.

En ai-je?

GUILLEMETTE.

Quoi?

PATHELIN.

Qu'a fait ma mie
De sa vieille cotte hardie?

GUILLEMETTE.

Et vous, qu'en feriez-vous?

PATHELIN.

Rien, rien.
En ai-je? je le disois bien.
Es-ce pauvre étoffe, est-ce étame,
Ou bon drap ceci?

Guillemette.

Saincte Dame!
Or, par le peril de mon ame,
Il vient d'aucune couverture.
Dieu! d'où nous vient ceste aventure?
Helas! helas! qui le payera?

Pathelin.

Demandez-vous qui ce sera?
Par sainct Jehan! il est jà payé.
Le marchand n'est pas desvoyé,
Belle sœur, qui le m'a vendu.
Parmy le col soye pendu,
S'il n'est blanc comme ung sac de plastre!
Le meschant vilain challemastre
En est ceint sur le cul!

Guillemette.

Combien
Couste-il doncques?

Pathelin.

Je n'en doy rien!
Il est payé : ne vous en chaille.

Guillemette.

Vous n'aviez denier né maille!
Il est payé? En quel' monnoye?

GUILLEMETTE.

> Sainte dame !
> Et par mon salut en péril
> Quelle aventure ! D'où vient-il ?
> Et si ce n'est de quelque aubaine,
> Qui payera ?

PATHELIN.

> Ne soyez en peine.
> Il est déjà payé. Pourtant,
> Qui le vendit est fin marchand,
> Vilain, dur à lâcher ses pièces.
> Faire qu'il en eût dans les fesses
> Seroit pain béni.

GUILLEMETTE.

> Donc, combien
> Vous coûte-t-il ?

PATHELIN.

> Je n'en dois rien ;
> Payé ! Que voulez-vous qu'il faille
> De plus ?

GUILLEMETTE.

> Payé ! Vous n'aviez maille,
> Ni sou, ni denier.

Pathelin.

Et, par le sang bieu! si avoye,
Dame : j'avoye ung parisi.

Guillemette.

C'est bien allé! Le beau nisi
Ou ung brevet y ont ouvré :
Ainsi l'avez-vous recouvré.
Et, quand le terme passera,
On viendra, on nous gagera;
Quanque avons, nous sera osté.

Pathelin.

Par le sang bieu, il n'a cousté
Qu'ung denier, quant qu'il en y a.

Guillemette.

Benedicite! Maria!
Qu'ung denier? Il ne se peut faire!

Pathelin.

Je vous donne cest œil à traire,
S'il en a plus eu, ne n'aura,
Jà si bien chanter ne sçaura.

PATHELIN.

Sangbieu si !
J'avois un denier parisi,
Madame.

GUILLEMETTE.

Allons, l'affaire est belle !
Vous aurez, pour l'obtenir telle,
Fait serments qui vous coûtent peu,
Ou, sans vergogne, mis en jeu
Quelque billet. A l'échéance
Chez nous, pour gage de créance,
On prendra tout.

PATHELIN.

Il n'a coûté
Qu'un denier.

GUILLEMETTE.

Benedicite !
Ce ne peut être.

PATHELIN.

Qu'on m'arrache
L'œil, s'il eut plus ; et, quoiqu'il sache
Bel et bien chanter, si jamais
Il a de moi rien de plus.

Guillemette.

Et qui est il?

Pathelin.

C'est ung Guillaume,
Qui a surnom de Joceaume,
Puisque vous le voulez sçavoir.

Guillemette.

Mais la maniere de l'avoir
Pour un denier? et à quel jeu?

Pathelin.

Ce fut pour un denier à Dieu :
Et encore, se j'eusse dict :
« La main sur le pot! » par cé dict,
Mon denier me fust demouré.
Au fort, est-ce bien labouré ?
Dieu et luy partiront ensemble
Ce denier-là, si bon leur semble ;
Car c'est tout ce qu'ilz en auront,
Jà si bien chanter ne sçauront,
Ne pour crier, ne pour brester.

Guillemette.

Comment l'a-il voulu prester,
Luy, qui est homme si rebelle ?

GUILLEMETTE.

                    Mais
Qui donc est-il?

PATHELIN.

          C'est un Guillaume,
Qui de son surnom est Joceaume.

GUILLEMETTE.

Pour un denier, mais à quel jeu?
Comment?

PATHELIN.

          Pour un denier à Dieu.
Et si j'avois dit : « Après boire,
Main sur pot, » vous m'en pouvez croire,
Mon denier me fût demeuré.
Sauf ce denier, est-ce opéré
A point? Que Dieu, si bon lui semble,
Et lui le partagent ensemble :
C'est là tout ce qu'ils en auront.

GUILLEMETTE.

Comment put-il être si prompt
A vous prêter, lui si rebelle?

Pathelin.

Par saincte Marie la belle!
Je l'ay armé et blasonné,
Si qu'il me l'a presque donné.
Je luy disoye que feu son pere
Fut si vaillant. « Ha! fais-je, frere,
Qu'estes-vous de bon parentaige!
Vous estes, fais-je, du lignaige
D'icy entour plus à louer! »
Mais je puisse Dieu avouer,
S'il n'est attrait d'une peautraille
La plus rebelle villenaille
Qui soit, ce croy-je, en ce royaume;
« Ha! fais-je, mon amy Guillaume,
Que vous ressemblez bien de chere
Et du tout à vostre bon pere! »
Dieu sçait comment j'eschaffauldoye,
Et, à la fois, j'entrelardoye,
En parlant de sa drapperie!
« Et puis, fais-je, saincte Marie!
Comment prestoit-il doucement
Ses denrées si humblement?
C'estes-vous, fais-je, tout craché! »
Toutesfois, on eust arraché
Les dents du villain marsouin
Son feu pere, et du babouin

PATHELIN.

Je l'ai guirlandé, vierge belle !
Et de pied en cap blasonné,
Tant qu'il me l'a presque donné.
Je lui disois que feu son père
Fut si vaillant ! « Vous êtes, frère,
Fis-je, bien mieux apparenté
Qu'aucun d'ici. » La vérité,
C'est qu'il est né d'un rien qui vaille,
Et la plus vilaine canaille
Qui soit. « Guillaume, mon ami,
Vous ne ressemblez à demi,
Mais en tout, à votre bon père :
Qui vous vit tous deux vit la paire. »
Et là-dessus j'échafaudois
Et tout ensemble entrelardois
Dans le propos sa draperie :
« Eh ! disois-je, Sainte Marie,
Que doucement il nous prêtoit
Sa marchandise ! » Or il étoit
Ladre de son bien, âpre au nôtre.
Toutes ses dents, l'une après l'autre,
Il se les fût fait arracher
Plutôt que de vouloir cracher
Rien, une guenille, une obole,
Ou même une bonne parole.

Le fils, avant qu'ilz en prestassent
Cecy, ne que ung beau mot parlassent.
Mais, au fort, ay-je tant bresté
Et parlé, qu'il m'en a presté
Six aulnes ?

Guillemette.

Voire, à jamais rendre.

Pathelin.

Ainsi le devez-vous entendre.
Rendre ? On luy rendra le dyable !

Guillemette.

Il m'est souvenu de la fable
Du corbeau, qui estoit assis
Sur une croix, de cinq à six
Toyses de hault ; lequel tenoit
Un formage au bec : là venoit
Un renard qui vit ce formaige.
Pensa à luy : « Comment l'auray-je ? »
Lors se mist dessoubz le corbeau :
« Ha ! fist-il, tant as le corps beau,
Et ton chant plein de melodie ! »
Le corbeau, par sa conardie,
Oyant son chant ainsi vanter,
Si ouvrit le bec pour chanter,
Et son formaige chet à terre ;
Et maistre renard vous le serre

Mais j'ai tant pressé, bataillé,
Que six aunes il a baillé.

GUILLEMETTE.

A ne lui rendre...

PATHELIN.

Que le diable.

GUILLEMETTE.

Ici me souvient de la fable :
Corbeau sur une croix assis,
Haute de cinq toises ou six,
Dans son bec tenoit un fromage.
« Comment le prendre sans partage ? »
Se dit Renard, et sous Corbeau
Vint se mettre. « As-tu le corps beau
« Et le chant plein de mélodie ! »
Voulant encor mieux applaudie
Sa voix, qu'on lui venoit vanter,
L'autre ouvrit le bec pour chanter,
Et le fromage choit à terre,
Et maître Renard vous le serre,
Et vous l'emporte à bonne dent.
De son drap, par mots y mordant ,
Vous fîtes, et par beau langage,

8

A bonnes dents, et si l'emporte.
Ainsi est-il (je m'en fais forte)
De ce drap : vous l'avez happé
Par blasonner, et attrapé,
En luy usant de beau langaige,
Comme fist renard du formaige :
Vous l'en avez prins par la moe.

Pathelin.

Il doit venir manger de l'oe :
Mais voicy qu'il nous faudra faire.
Je suis certain qu'il viendra braire,
Pour avoir argent promptement.
J'ay pensé bon appoinctement :
Il convient que je me couche,
Comme un malade, sur ma couche;
Et, quand il viendra, vous direz :
« Ha! parlez bas! » et gemirez,
En faisant une chiere fade :
« Las ! ferez-vous, il est malade
Passé deux moys, ou six semaines ! »
Et, s'il vous dit : « Ce sont trudaines !
Il vient d'avec moy tout venant. »
« Helas ! ce n'est pas maintenant
(Ferez-vous) qu'il faut rigoller ! »
Et le me laissez flageoller;
Car il n'en aura autre chose.

Ce que fit Renard du fromage :
Vous l'avez bridé par le bec.

PATHELIN.

Il doit venir boire, ici, sec,
Et manger de l'oie. Or, que faire ?
Je suis certain qu'il voudra braire
Pour avoir argent promptement :
J'ai tout prêt son appointement.
A fin qu'il s'en aille et ne touche
Rien : en malade je me couche,
Et quand il viendra vous direz :
« Ha ! parlez bas ! » et gémirez,
Faisant la plus dolente mine.
« Las ! direz-vous, le mal le mine
« Depuis six semaines, deux mois ! »
S'il dit : « Trudaines ! je n'y crois,
« Il vient d'avec moi tout à l'heure.
«—Peut-on railler quelqu'un qui pleure ! »
Ferez-vous. Puis, pour profits clairs,
Je le payerai de quelques airs
De ma façon, non d'autre chose.

GUILLEMETTE.

Je ferai ce que l'on propose
De mon mieux, mais ne craignez-vous
D'avoir en ceci du dessous,
Que justice ne vous reprenne,

Guillemette.

Par l'ame qui en moy repose!
Je feray très-bien la maniere.
Mais, si vous rencheez arriere,
Que justice vous en reprengne,
Je me doubte qu'il ne vous prengne
Pis la moitié, qu'à l'autre fois?

Pathelin.

Or, paix : je sçay bien que je fais.
Il faut faire ainsi que je dy.

Guillemette.

Souviengne vous du samedy,
Pour Dieu, qu'on vous pilloria :
Vous sçavez que chascun cria
Sur vous, pour vostre tromperie?

Pathelin.

Or laissez ceste baverie.
Il viendra; nous ne gardons l'heure.
Il faut que ce drap nous demeure.
Je m'en voys coucher.

Guillemette.

Allez doncques.

Pathelin.

Or ne riez point!

Et que vous n'ayez de la peine
Au double de l'autre fois?

PATHELIN.

Paix!
Ne sais-je pas ce que je fais?
Faites ainsi sans plus d'antienne.

GUILLEMETTE.

Du samedi qu'il vous souvienne,
Alors qu'on vous piloria,
Et que sur vous chacun cria,
Pour tromperie.

PATHELIN.

Il passe l'heure.
Paix! et que son drap nous demeure.
Il le faut. Je me couche.

GUILLEMETTE.

Allez.

PATHELIN.

Ne riez point!

Guillemette.

Rien quiconques,
Mais pleureray à chaudes larmes.

Pathelin.

Il nous fault estre tous deux fermes,
Affin qu'il ne s'en apperçoive.

Ils sortent.

SCÈNE II.

LE DRAPPIER, SEUL.

—

Le Drappier, chez lui.

Je crois qu'il est temps que je boive
Pour m'en aller. Ha! non feray :
Je doy boire, et si mangeray
De l'oe, par sainct Mathelin,
Cheux maistre Pierre Pathelin,
Et là recevrai-je pécune.
Je happeray là une prune,
A tout le moins, sans rien despendre.
J'y voys ; je ne puis plus rien vendre.

Il frappe à la porte de Pathelin.

Hau! maistre Pierre?

GUILLEMETTE.

Si vous voulez,
J'aurai sanglots à perdre haleine,
Et pleurs comme la Madeleine.

PATHELIN.

Ferme! et tous deux jouons si bien
Qu'il ne s'aperçoive de rien.

SCÈNE II.

LE DRAPIER, *seul.*

—

LE DRAPIER.

Je crois qu'il est temps que je sorte,
Mais, avant que fermer la porte,
Buvons un coup. Non, je boirai
Chez maître Pierre, et mangerai
De l'oie, et recevrai pécune.
N'y dussé-je avoir qu'une prune
Sans dépenser, allons chez lui.
Rien d'ailleurs à vendre aujourd'hui!
Hau! maître Pierre.

SCÈNE III.

LE DRAPPIER, GUILLEMETTE.

—

Guillemette, allant ouvrir.

Helas! sire,
Par Dieu! se vous voulez rien dire,
Parlez plus bas!

Le Drappier.

Dieu vous gard, dame!

Guillemette.

Ha! plus bas!

Le Drappier.

Et quoy?

Guillemette.

Bon gré, m'ame...

Le Drappier.

Où est-il?

SCÈNE III.

LE DRAPIER, GUILLEMETTE.

—

GUILLEMETTE.

Hélas! messire,
Dites ce que vous voulez dire
Plus bas!

LE DRAPIER.

Dieu vous garde!

GUILLEMETTE.

Plus bas!

LE DRAPIER.

Quoi?

GUILLEMETTE.

De grâce!

LE DRAPIER.

Où le voir?

9

Guillemette.

Las! où doit-il estre?

Le Drappier.

Le qui?

Guillemette.

Ha! c'est mal dit, mon maistre :
Où est-il? et Dieu, par sa grace,
Le sache! Il garde la place
Où il est, le povre martir,
Unze semaines, sans partir...

Le Drappier.

De qui?

Guillemette.

Pardonnez-moy, je n'ose
Parler haut; je croy qu'il repose :
Il est un petit aplommé.
Helas! il est si assommé,
Le povre homme...

Le Drappier.

Qui?

Guillemette.

Maistre Pierre.

GUILLEMETTE.

Hélas!
Où vous savez bien qu'il doit être.

LE DRAPIER.

Qui!

GUILLEMETTE.

Peut-on le demander, maître?
Lui! qui céans, pauvre martyr,
Resta, Dieu le sait, sans sortir
Onze semaines.

LE DRAPIER.

Qui?

GUILLEMETTE.

Je n'ose
Parler hault; je crois qu'il repose.
Il paraît s'être un peu calmé.
Pauvre homme! il est tant assommé
Du mal!

LE DRAPIER.

Qui?

GUILLEMETTE.

Maître Pierre

Le Drappier.

Ouay! n'est-il pas venu querre
Six aulnes de drap maintenant?

Guillemette.

Qui, luy?

Le Drappier.

Il en vient tout venant,
N'a pas la moytié d'ung quart d'heure.
Delivrez-moy; dea! je demeure
Beaucoup. Çà, sans plus flageoller,
Mon argent?

Guillemette.

Hé! sans rigoller?
Il n'est pas temps que l'en rigolle.

Le Drappier.

Çà, mon argent? Estes-vous folle!
Il me fault neuf francs.

Guillemette.

Ha! Guillaume!
Il ne fault point couvrir de chaume
Icy, ne bailler ces brocards.
Allez sorner à vos coquardz,
A qui vous vous voudrez jouer!

LE DRAPIER.

Ouais ! qu'est-ce?
Ne me prit-il pas, drap en pièce,
Six aunes?

GUILLEMETTE.

Lui ! quand?

LE DRAPIER.

Maintenant.
Il vint de chez nous, tout venant,
Il n'est pas un demi-quart d'heure.
Acquittez-moi ; ça, je demeure
Beaucoup trop. Sans plus s'amuser,
Mon argent.

GUILLEMETTE.

Peut-on s'aviser
De rire ici?

LE DRAPIER.

Vous êtes folle.
Sans perdre ni temps ni parole,
Çà, neuf francs, mon argent...

GUILLEMETTE.

Allez,
Avec vos plaisants rigolez !
Raillez ! ce n'est pas nous qu'on joue,
Guillaume.

Le Drappier.

Je puisse Dieu desavouer,
Si je n'ay neuf francs!

Guillemette.

Helas! sire,
Chascun n'a pas si faim de rire
Comme vous, ne de flagorner.

Le Drappier.

Dictes, je vous pry', sans sorner :
Par amour, faites-moy venir
Maistre Pierre?

Guillemette.

Mesavenir
Vous puist-il! Et est-ce à meshuy?

Le Drappier.

N'est-ce pas ceans que je suy
Cheuz maistre Pierre Pathelin?

Guillemette.

Ouy. Le mal sainct Mathelin,
Sans le mien, au cueur vous tienne!
Parlez bas!

LE DRAPIER.

Dieu je désavoue
Si je ne l'ai...

GUILLEMETTE.

Chacun n'a pas,
Comme vous, faim de rire, hélas!

LE DRAPIER.

De bon gré, sans jeu ni manière,
Faites-moi venir maître Pierre.
Moquer est bon, mais c'est assez.

GUILLEMETTE.

Mal vous viendra, si ne cessez :
Qui veut trop rire, Dieu l'afflige.

LE DRAPIER.

Voyons, céans répondez, suis-je
Chez maître Pierre Pathelin?

GUILLEMETTE.

Oui. Peste soit d'un homme enclin
A tant de bruit! Baissez l'antienne.

Le Drappier.

Le dyable y avienne!
Ne le oseray-je demander!

Guillemette.

A Dieu me puisse commander!
Bas, se ne voulez qu'il s'esveille?

Le Drappier.

Quel bas? Voulez-vous en l'oreille,
Au fons du puys ou de la cave?

Guillemette.

Hé Dieu! que vous avez de bave!
Au fort, c'est tousjours vostre guise.

Le Drappier.

Le dyable y soit! quand je m'avise :
Se voulez que je parle bas,
Payez-moy sans plus de debas;
Telz noises n'ay-je point aprins.
Vray est que maistre Pierre a prins
Six aulnes de drap aujourd'huy.

Guillemette.

Et qu'est-ce cecy? Est-ce à meshuy?
Dyable y ait part! Aga! quel prendre?

LE DRAPIER.

Craint-on que le diable n'y vienne?
J'ai bien le droit de demander...

GUILLEMETTE.

Et moi de vous recommander :
Bas, tout bas ; sinon il s'éveille.

LE DRAPIER.

Quel bas? Voulez-vous en l'oreille,
Ou dans la cave, au fond du puits?

GUILLEMETTE.

Quel bavard! mais sotte je suis:
Au fait c'est toujours votre guise.

LE DRAPIER.

Hé! si vous voulez que j'avise
A votre gré pour parler bas,
Payez. Faut-il tant de débats,
Lorsqu'il est vrai que maître Pierre
Prit tantôt cette pièce entière,
Six aunes...

GUILLEMETTE.

Encor! qu'est ceci?
Nous n'en finirons, Dieu merci!
Le diable y vient, quel parti prendre?

10

Ha! sire, que l'en le puist pendre,
Qui ment! Il est en tel party,
Le povre homme, qu'il n'est party
Du lict y a unze semaines!
Nous baillez-vous de vos trudaines?
Maintenant en est-ce raison?
Vous vuiderez de ma maison,
Par les angoisses Dieu, moy lasse!

Le Drappier.

Vous disiez que je parlasse
Si bas, saincte benoiste Dame?
Vous criez!

Guillemette.

C'estes vous, par m'ame,
Qui ne parlez, fors que de noise!

Le Drappier.

Dictes, afin que je m'en voise :
Baillez-moy?

Guillemette.

Parlez bas! Ferez?

Le Drappier.

Mais vous-mesmes l'esveillerez;
Vous parlez plus hault quatre fois,

Ha! que l'on ferait bien de pendre,
Messire, quiconque a menti.
Pauvre cher homme, il n'est sorti
Du lit depuis onze semaines,
Et vous chantez ces turlutaines
A cette heure! en est-ce raison?
Vous viderez de ma maison,
Par la mordieu! car je me lasse.

LE DRAPIER.

Vous demandiez que je parlasse
Si bas, et vous criez!

GUILLEMETTE.

C'est vous.
Ici vos propos ne sont tous
Que noises!

LE DRAPIER.

Bref, que l'on me baille
Mon argent, et que je m'en aille.

GUILLEMETTE.

Chut! jamais vous ne vous tairez?

LE DRAPIER.

Mais vous-même l'éveillerez,
Car vous criez plus haut que quatre.

Par le sang bieu! que je ne fais.
Je vous requier qu'on me delivre?

Guillemette.

Et qu'est cecy? Estes-vous yvre,
Ou hors de sens? Dieu nostre pere!

Le Drappier.

Yvre! Maugré en ait sainct Pere!
Voicy une belle demande!

Guillemette.

Helas! plus bas!

Le Drappier.

Je vous demande
Pour six aulnes, bon gré saint George,
De drap, dame...

Guillemette.

On le vous forge!
Et à qui l'avez-vous baillé?

Le Drappier.

A luy-mesme.

Mes six écus sans rien rabattre
Et sans retarder plus longtemps!

GUILLEMETTE.

Êtes-vous ivre, ou hors de sens?

LE DRAPIER.

Ivre? ah! bien oui!

GUILLEMETTE.

Plus bas!

LE DRAPIER.

Saint George!
Le prix de mon drap!

GUILLEMETTE.

On le forge.
Mais à qui l'avez-vous baillé?

LE DRAPIER.

A lui-même.

Guillemette.

Il est bien taillé
D'avoir drap! Helas! il ne hobe!
Il n'a nul besoin d'avoir robe :
Jamais robe ne vestira
Que de blanc, ne ne partira
D'ond il est que les piedz devant!

Le Drappier.

C'est doncq depuis soleil levant ?
Car j'ay à luy parlé sans faute.

Guillemette.

Vous avez la voix si très-haute :
Parlez plus bas, en charité!

Le Drappier.

C'estes·vous, par ma verité,
Vous-mesme, en sanglante estraine
Par le sang bieu! veez-cy grant paine!
Qui me payast, je m'en allasse!
Par Dieu! oncques que je prestasse,
Je n'en trouvay point autre chose!

Pathelin.

Guillemette? Un peu d'eaue rose!
Haussez-moy, serrez-moy derriere!

GUILLEMETTE.

Il est bien taillé
Pour courir drap gris, noir ou rouge !
Le pauvre cher homme, il ne bouge.
Jamais robe ne vêtira
Que de blanc, et ne sortira
Que les pieds devant...

LE DRAPIER.

Depuis l'aube
Ce mal le prit donc : qu'on me daube,
S'il ne vint lors !

GUILLEMETTE.

Par charité,
Parlez plus bas.

LE DRAPIER.

En vérité,
Plus bas vous-même. Ah! quelle étrenne,
Et que pour peu l'on a de peine !
Payez et je m'en vais. C'est dit :
Chaque fois que je fais crédit
J'en suis là. Que l'on m'y remette,
On sera bien fin.

PATHELIN.

Guillemette,
Un peu d'eau rose ! haussez-moy.
Vient-on? à qui parlai-je ? Quoy ?

Trut! à qui parlay-je? L'esguiere?
A boire? Frottez-moy la plante?

Le Drappier.

Je l'oy là?

Guillemette.

Voire.

Pathelin.

Ha, meschante!
Vien çà? T'avoye-je fait ouvrir
Ces fenestres? Vien moy couvrir!
Ostez ces gens noirs!... Marmara,
Carimari, carimara.
Amenez-les-moy, amenez!

Guillemette.

Qu'est-ce? Comment vous demenez!
Estes-vous hors de vostre sens?

Pathelin.

Tu ne vois pas ce que je sens :
Vela un moine noir qui vole?
Prens-le, baille-luy une estole...
Au chat, au chat! Comment il monte!

Frottez mes pieds, serrez derrière.
A boire! apportez-moy l'aiguière.

LE DRAPIER.

Je l'entends.

GUILLEMETTE.

Oui.

PATHELIN.

Viens me couvrir,
Viens çà. Qui t'a prié d'ouvrir
Cette fenêtre toute grande?
En avais-tu besoin, truande?
Otez ces gens noirs : *Mamara,
Carimari, carimara.*
Amène-les-moi, vite, amène,
Va.

GUILLEMETTE.

Mal prend à qui se démène
Ainsi. Seriez-vous hors de sens?

PATHELIN.

Tu ne sais pas ce que je sens.
Vois-tu ce moine noir qui vole?
Prends-le vite, et lui mets l'étole.
Au chat! au chat!

11

Guillemette.

Et qu'est cecy? N'a' vous pas honte?
Et, par Dieu! c'est trop remué.

Pathelin.

Ces physiciens m'ont tué
De ces brouilliz qu'ilz m'ont fait boire :
Et toutesfois les faut-il croire,
Ilz en oeuvrent comme de cire.

Guillemette.

Helas! venez-le voir, beau sire :
Il est si très-mal patient.

Le Drappier.

Est-il malade, à bon escient,
Puis orains qu'il vint de la foire?

Guillemette.

De la foire?

Le Drappier.

Par sainct Jehan, voire!
Je cuide qu'il y a esté.
Du drap que je vous ay presté,
Il m'en fault l'argent, maistre Pierre!

GUILLEMETTE.

C'est remué
Trop.

PATHELIN.

Ces médecins m'ont tué
De leurs drogues. Comme de cire
Ils nous travaillent ; sans mot dire
Il faut les croire...

GUILLEMETTE.

Voyez, rien
Las ! contre un tel mal.

LE DRAPIER.

L'a-t-il bien,
A bon escient ? Non, de la foire
Dès l'aube il vint.

GUILLEMETTE.

Lui ?

LE DRAPIER.

Voire, voire !
Certe il y fut, en vérité !
Maître, et ce que je vous prêtai,
Ce que vous prîtes.

Pathelin.

Prendray-je ung autre cristere ?

Le Drappier.

Et que sçay-je ! Qu'en ay-je à faire ?
Neuf francs m'y fault, ou six escus.

Pathelin.

Ces trois petis morceaulx becuz,
Les m'appellez-vous pilloueres ?
Ilz m'ont gasté les machoueres.
Pour Dieu ! ne m'en faites plus prendre,
Maistre Jehan : ilz m'ont fait tout rendre.
Ha ! il n'est chose plus amere !

Le Drappier.

Non ont, par l'ame de mon pere !
Mes neuf francs ne sont point rendus.

Guillemette.

Parmy le col soient-ilz pendus
Tels gens qui sont si empeschables !
Allez-vous-en, de par les dyables,
Puis que de par Dieu ne peult estre !

PATHELIN.

Ce clystère?
En prendrai-je un autre?

LE DRAPIER.

Ai-je affaire
De cela? Me faut six écus
Ou neuf francs.

PATHELIN.

Ne me baillez plus
De ces pilules toutes noires;
Elles m'ont gâté les mâchoires.
Rien n'est plus amer, maître Jean.
Pouah! ni pour or, ni pour argent,
Mordieu! ne m'en faites plus prendre,
Elles m'ont déjà fait tout rendre.

LE DRAPIER.

Mes neuf francs ne sont pas rendus.

GUILLEMETTE.

Par le col je voudrois pendus
Les gênants et les empêchables !
Allez-vous-en de par les diables,
Puisque de par Dieu n'y fait rien.

Le Drappier.

Par celuy Dieu qui me fist naistre,
J'auray mon drap, ains que je fine,
Ou mes neuf francs !

Pathelin.

Et mon orine
Vous dit-elle point que je meure ?...
Bas à Guillemette.
Pour Dieu ! faites qu'il ne demeure.
Haut.
Que je ne passe point le pas !

Guillemette.

Allez-vous-en ! Et n'est-ce pas
Mal faict de luy tuer la teste ?

Le Drappier.

Dame ! Dieu en ait male feste !
Six aulnes de drap maintenant,
Dictes, est-ce chose avenant,
Par vostre foy, que je les perde ?...
Il me fault neuf francs rondement,
Que, bon gré sainct Pierre de Romme...

Guillemette.

Helas ! tant tourmentez cest homme !
Et comment estes-vous si rude ?

LE DRAPIER.

Si, de par Dieu, j'en jure bien !
N'allez pas croire que je sorte,
A moins que d'ici je n'emporte,
Au choix, mon drap ou mes neuf francs.

PATHELIN.

Voyez l'urine que je rends.
Dit-elle qu'il faut que je meure ?

Bas à Guillemette.

Pour Dieu, faites qu'il ne demeure.

Haut.

Dites, passerai-je le pas ?

GUILLEMETTE.

Allez-vous-en. Hé ! n'est-ce pas
Mal fait de lui tuer la tête ?

LE DRAPIER.

Hé ! me croyez-vous à la fête !
Est-ce avenant de perdre ainsi
Ses draps ? Doit-on dire merci ?...
Je veux mes neuf francs, somme ronde.

GUILLEMETTE.

Tant tourmenter le pauvre monde !
Vous voyez qu'il n'a l'esprit sain.

Vous voyez clerement qu'il cuide
Que vous soyez physicien?
Helas! le povre chrestien
A assez de male meschance :
Unze semaines, sans laschance,
A esté illec, le povre homme...

Le Drappier.

Par le sang Dieu! je ne sçay comme
Cest accident luy est venu,
Car il est aujourd'huy venu
Et avons marchandé ensemble,
A tout le moins, comme il me semble,
Ou je ne sçay que ce peult estre!

Guillemette.

Par Nostre Dame! mon doulx maistre,
Vous n'estes pas en bon memoire.
Sans faute, si me voulez croire,
Vous yrez un peu reposer:
Car moult de gens pourroient gloser
Que vous venez pour moy ceans.
Allez hors! Les physiciens
Viendront icy tout en presence.
Je n'ay cure que l'en y pense
A mal, car je n'y pense point.

Le Drappier.

Et maugrebieu! suis-je en poinct?

Il vous prend pour le médecin.
C'est bien assez de malechance
D'être resté sans allégeance
Du mal onze semaines.

LE DRAPIER.

Mais
D'où vint l'accident? car je sais
Que nous marchandâmes ensemble
Tantôt, — du moins il me le semble, —
Ou j'ignore ce que ce fut.

GUILLEMETTE.

Mon doux maître, par mon salut !
Vous n'êtes pas bien en mémoire.
Sans faute, si me voulez croire,
Vous irez un peu reposer.
Sur vous et moi l'on peut gloser.
Les médecins prendront séance
Bientôt ; je ne veux pas qu'on pense
Du mal, quand je n'en pense point.

LE DRAPIER.

Hé ! maugrebieu ! suis-je en ce point
Moi-même, et tout dispos pour rire?
J'ai bien d'autres choses à frire...

12

Par la feste Dieu! je cuidoye
Encor... Et n'avez-vous point d'oye
Au feu?

Guillemette.

C'est très-belle demande!
Ah, sire! ce n'est pas viande
Pour malades. Mangez vos oes,
Sans nous venir jouer des moes!
Par ma foy, vous estes trop aise!

Le Drappier.

Je vous pry' qu'il ne vous desplaise,
Car je cuidoye fermement...
Encor', par le sainct sacrement
Dieu!... Dea! or voys-je sçavoir.
Je sçay bien que je dois avoir
Six aulnes, tout en une piece;
Mais ceste femme me despiece
De tous poinctz mon entendement ..
Il les a eues vrayement?...
Non a, dea! il ne se peut joindre!
J'ay veu la mort qui le vient poindre;
Au moins, ou il le contrefaict..,
Et si a! il les print de faict,
Et les mist dessoubz son aisselle,
Par saincte Marie la belle!...
Non a! Je ne sçay si je songe.
Je n'ay point aprins que je donge

Hé! j'y songe, écoutez un peu,
N'avez-vous pas une oie au feu?

GUILLEMETTE.

Une oie ici! belle demande!
Ah! messire, ce n'est pas viande
A malade. Allez autre part,
Pour nous vous êtes trop gaillard,
Et mangez de l'oie à votre aise.

LE DRAPIER.

Ah! que cela ne vous déplaise :
Je croyais, et je crois savoir
Encor, par Dieu!... Je dois avoir
Six aunes tout en une pièce.
Mais cette femme me dépèce
Brin à brin mon entendement.
Oui, chez nous il les eut vraiment.
Non! Tout cela ne se peut joindre,
J'ai vu la mort qui le vient poindre,
Ou du moins il la contrefait.
Ne les a-t-il pas pris? Si fait,
Et, par sainte Vierge la belle,
Il les mit dessous son aisselle.
Oui!... Non, cela ne se peut pas,
Non! jamais a-t-on vu mes draps
Se livrer, que je veille ou dorme,
Même aux amis, sans autre forme?

Mes drapz, en dormant, ne veillant?
A nul, tant soit mon bien vueillant,
Je ne les eusse point accrues...
Par le sang bieu! il les a eues...
Et, par la mort! non a, ce tiens-je,
Non a!... Mais à quoy donc en viens-je?
Si a, par le sang Notre-Dame!
Meschoir puist-il de corps et d'ame,
Si je sçay qui sçauroit à dire
Qui a le meilleur ou le pire
D'eux ou de moy! Je n'y voy goute!...

SCÈNE IV.

PATHELIN, GUILLEMETTE.

—

Pathelin, à Guillemette.

S'en est-il allé?

Guillemette.

Paix! J'escoute
Ne sçay quoy qu'il va flageollant.
Il s'en va si fort grumelant,
Qu'il semble qu'il doive desver.

Ils ne les ont qu'argent dessus,
Et lui de moi les aurait eus
Sans payer qu'en argent de singe !
Non ! si pourtant, car pourquoi vins-je
Et pourquoi suis-je encore ici ?
Sortirai-je de tout ceci,
Et quelqu'un pourra-t-il me dire
Qui tient le meilleur ou le pire
D'eux ou de moi ? Plus que jamais
Je n'y vois goutte.

SCÈNE IV.

PATHELIN, GUILLEMETTE.

—

PATHELIN.

Est-il loin ?

GUILLEMETTE.

Paix !

Laissez un peu que je l'écoute.
Il part, et le long de la route
Il me semble aller flageolant
Chanson piteuse, et grommelant
Je ne sais quoi dont il endêve.

Pathelin.

Il n'est pas temps de se lever?
Comme il est arrivé à poinct!

Guillemette.

Je ne sçay s'il reviendra point.
Nenny dea, ne bougez encore!
Nostre fait seroit tout frelore,
S'il vous trouvoit levé.

Pathelin.

Sainct George!
Qu'il est venu à bonne forge,
Luy qui est si très-mescreant!
Il est en luy trop mieux seant
Qu'ung crucifix en ung monstier.

Guillemette.

En ung très-ord vilain bronstier,
Onc lard ès pois n'escheut si bien!
Et, quoy, dea, il ne faisoit rien
Aux dimenches!

Pathelin.

Pour Dieu! sans rire!
S'il venoit, il pourroit trop nuyre.
Je m'en tiens fort qu'il reviendra.

PATHELIN.

N'est-il pas temps que je me lève?
Comme à point il est arrivé!

GUILLEMETTE.

S'il revient et vous voit levé,
Tout est perdu; restez...

PATHELIN.

                    Saint George!
Qu'il vint céans à bonne forge!
Ladre, si dur à lâcher pied
Pour le crédit, cela lui sied
Comme un crucifix chez des nones!

GUILLEMETTE.

Oui, c'est — par mes saintes patronnes —
Comme bon lard en méchants pois.
Le vilain, qui pas une fois
Ne donna rien, fête ou dimanche,
Nous avons élargi sa manche
Quoi qu'il en eût.

PATHELIN.

                    Ne riez pas.
S'il revenait, que de débats!
Et ne doutez pas qu'il ne vienne
Encor!

Guillemette.

Par mon serment, il s'en tiendra,
Qui vouldra; mais je ne pourroye!

———

SCÈNE V.

LE DRAPPIER, GUILLEMETTE,
PATHELIN.

—

Le Drappier, seul, chez lui.

Et, par le sainct soleil qui roye,
Je retourneray, qui qu'en grousse,
Cheuz cest advocat d'eaue douce.
Hé, Dieu! quel retrayeur de rentes
Que ses parens ou ses parentes
Auroient vendu! Or, par sainct Pierre,
Il a mon drap, le faux tromperre!...
Je luy baillay en ceste place.

Guillemette, chez elle.

Quand me souvient de la grimace
Qu'il faisoit en vous regardant,

GUILLEMETTE.

Qui pourra se retienne.
Je ne puis.

SCÈNE V.

LE DRAPIER, GUILLEMETTE,
PATHELIN.

—

LE DRAPIER, *seul chez lui.*

Oui, tout aussi vrai
Qu'il fait jour, je retournerai
Sans plus de retard, qui qu'en glousse,
Chez ce bel avocat d'eau douce.
Comme il me la voulut chanter
Avec sa rente à racheter
De ses parents ou ses parentes !
Tudieu ! quel racheteur de rentes !
Est bien nigaud qui le croira !
Mais, le trompeur, il a mon drap.
Il le reçut en cette place.

GUILLEMETTE, *chez elle.*

Quand me souvient de la grimace
Qu'il faisait en vous regardant,

13

Je ris! Il estoit si ardant
A demander...

Pathelin.

Or, paix, riace !
Je regnie bieu, que jà ne face :
S'il advenoit qu'on vous ouist,
Autant vaudroit qu'on s'enfouist.
Il est si très-rebarbatif.

Le Drappier, chez lui.

Et cest advocat portatif,
A trois leçons et trois pseaumes !
Et tient-il les gens pour Guillaumes ?
Il est, par Dieu ! aussi pendable
Comme seroit un branc prenable.
Il a mon drap, ou je regnie bieu !
Et il m'a joué de ce jeu...

Il va frapper à la porte de Pathelin.

Hola ! Où estes-vous fouye ?

Guillemette.

Par mon serment, il m'a ouye !
Il semble qu'il doye desver.

Pathelin.

Je feray semblant de resver.
Allez là ?

Je ris ! Comme il était ardent
A demander...

PATHELIN.

Il peut entendre.
Paix, rieuse ! Il nous faudrait prendre
La fuite : il est rébarbatif
Plus que pas un.

LE DRAPIER.

Ce plumitif,
A trois leçons et triple psaume,
Il a voulu moquer Guillaume ;
Il est à pendre, vertu Dieu !
Il a pris mon drap à son jeu,

Il va frapper à la porte de Pathelin.

Êtes-vous cachée ou perdue?
Holà !

GUILLEMETTE.

M'aurait-il entendue?
Il me paraît bien endêver.

PATHELIN.

Je ferai semblant de rêver.
Allez !

Guillemette, *ouvrant au drappier.*

Comment, vous criez!

Le Drappier.

Bon gré en ayt Dieu! Vous riez?
Çà, mon argent!

Guillemette.

*Saincte Marie! *
De quoy cuidez-vous que je rie?
Il n'a si dolente en la feste!...
Il s'en va : oncques tel tempeste
N'ouystes, ne tel frenaisie :
Il est encore en resverie ;
Il resve, il chante, et puis fatrouille
Tant de langaiges, et barbouille.
Il ne vivra pas demye heure.
Par ceste ame! je ris et pleure
Ensemble.

Le Drappier.

Je ne sçay quel rire,
Ne quel pleurer. A brief vous dire,
Il faut que je soye payé.

Guillemette.

De quoy? Estes-vous desvoyé?
Recommencez-vous vostre verve?

SCÈNE V.

GUILLEMETTE, *ouvrant au drapier.*

Est-ce ainsi que l'on crie ?

LE DRAPIER.

Et vous ? est-ce ainsi que l'on rie ?
Mon argent !

GUILLEMETTE.

Qu'avez-vous dit là ?
Rire ! quand pauvre homme il s'en va.
La frenaisie est dans sa tête ;
On n'a pas vu telle tempête.
Il rêve et chante des fatras
En langages qu'on n'entend pas.
Il ne vivra plus demie heure.
Quand il parle, je ris et pleure
Ensemble.

LE DRAPIER.

Allez ! rire ou pleurer,
Tout cela n'est que pour leurrer ;
Mais c'est vainement qu'on l'essaye
Avec moi. Çà, bref, qu'on me paye !

GUILLEMETTE.

Quoi ! recommencez-vous encor ?

Le Drappier.

Je n'ay point apprins qu'on me serve
De tels mots en mon drap vendant.
Me voulez vous faire entendant
De vessies que sont lanternes?

Pathelin.

Sus tost! la royne des guiternes!
A coup, qu'ell'me soit approuchée!...
Je sçay bien qu'elle est accouchée
De vingt et quatre guiterneaux,
Enfans de l'abbé d'Iverneaux.
Il me fault estre son compere.

Guillemette.

Helas! pensez à Dieu le pere,
Mon amy, non pas à guiternes.

Le Drappier.

Ha! quels bailleurs de balivernes
Sont-ce cy?... Or tost, que je soye
Payé, en or ou en monnoye,
De mon drap que vous avez prins!

Guillemette.

Hé, dea, se vous avez mesprins
Une foys, ne souffit-il mye?

LE DRAPIER.

Mon drap se paye en écus d'or,
Sachez-le, non en facéties.
Je ne prendrai plus des vessies
Pour des lanternes...

PATHELIN.

Eh ! voilà !
Des lanternes ! Leur reine est là.
Vite, qu'elle soit approchée.
Je sais bien qu'elle est accouchée
De vingt et quatre lanterneaux,
Enfans de l'abbé d'Ivernaux.
Il me faut être son compère.

GUILLEMETTE.

Hélas ! songez à Dieu le père,
Non aux lanternes.

LE DRAPIER.

Qu'est-ce ici ?
Pour vos balivernes merci !
Or tôt, payez-moi d'autre sorte,
En or ou monnaie, il n'importe ;
Mais de mon drap je veux le prix.

GUILLEMETTE.

Déjà vous vous êtes mépris!
N'est-ce pas assez ?

Le Drappier.

Sçavez-vous qu'il est, belle amye?
M'aist Dieu, je ne sçay quel mesprendre!...
Mais, quoy! il convient rendre ou pendre.
Quel tort vous fais-je, se je vien
Ceans pour demander le mien?
Quel? Bon gré sainct Pierre de Romme!

Guillemette.

Helas! tant tormentez cest homme!
Je voy bien, à votre visaige,
Certes, que vous n'estes pas saige...
Par ceste pecheresse lasse,
Si j'eusse ayde, je vous lyasse!
Vous estes trestout forcené.

Le Drappier.

Helas! j'enraige que je n'ay
Mon argent!

Guillemette.

Ha! quel niceté!
Seignez-vous. Benedicite!
Faites le signe de la croix.

Le Drappier.

Or, regnie-je bieu se j'accrois,
De l'année, drap!... Hen! quel malade!

LE DRAPIER.

Me méprendre!
Belle amie, oh! non, je fais rendre
Ou pendre. Eh! quoi? Chacun son bien.
Si je viens demander le mien,
Quel tort vous fais-je?

GUILLEMETTE.

Le pauvre homme!
C'est que, hélas! tout ceci l'assomme.
Vous-même, à la mine, je sens
Que vous devenez hors de sens.
Oui, vous êtes dans la folie.
J'appellerai pour qu'on vous lie,
Tant vous me semblez forcené.

LE DRAPIER.

Je tombe en rage si je n'ai
Tôt mon argent!

GUILLEMETTE.

Rage! autre signe!
Quand vient le malin on se signe.
Signez-vous.

LE DRAPIER.

Pour vrai, je l'ai dit,
Si de deux ans je fais crédit,
Que Dieu me damne! Hen! quel malade!

14.

Pathelin.

Mere de Diou, la Coronade,
Par fyé, y m'en voul anar,
Or renague biou, outre mar !
Ventre de Diou ! zen dict gigone,
Castuy carrible, et res ne donne.
Ne carillaine, fuy ta none ;
Que de l'argent il ne me sone.

Au Drapier.

Avez entendu, beau cousin ?

Guillemette.

Il eut ung oncle Lymosin,
Qui fut frere de sa belle ante :
C'est ce qui le faict, je me vante,
Gergonner en lymosinois.

Le Drappier.

Dea, il s'en vint en tapinois
A-tout mon drap soubz son aisselle.

Pathelin.

Venez ens, doulce damizelle ...
Et que veut ceste crapaudaille ?
Allez en arriere, mardaille !
Cha tost, je veuil devenir prestre.

PATHELIN.

Mère de Diou ! la Coronade,
Par fyé, y m'en voul anar,
Or renague biou, outre mar !
Ventre de Diou ! zen dict gigone,
Cestuy carrible, et res ne donne
Ne cavrillaine, fuy ta none ;
Que de l'argent il ne me sonne.

Au Drapier.

Avez entendu, beau cousin ?

GUILLEMETTE.

Il eut un oncle Limousin
Qui fut frère à sa belle tante,
Et c'est ce qui fait qu'il nous chante
En ce jargon limousinois.

LE DRAPIER.

Mais il partit en tapinois
Avec mon drap sous son aisselle.

PATHELIN.

Venez ci, belle damiselle...
Hé ! que veut ce vilain crapaud ?
Arrière ! bran ! c'est ce qu'il vaut.
Je suis prêtre en la prêterie ;

Or cha, que le deable y puist estre
En chelle viele prestrerie !
Et faut-il que le preste rie,
Quand il deust canter sa messe ?

Guillemette.

Helas ! helas ! l'heure s'appresse
Qu'il fault son dernier sacrement !

Le Drappier.

Mais comment parle-il proprement
Picard ? D'ond vient tel coquardie ?

Guillemette.

Sa mere fut de Picardie ;
Pour ce, le parle maintenant.

Pathelin.

D'ond viens-tu, caresme prenant ?
Wacarme liefve, Gonedman,
Tel bel bighod gheueran.
Henriey, Henriey, conselapen
Ich salgned, ne de que maignen ;
Grile, grile, schole houden,
Zilop, zilop, en nom que bouden,
Disticlien unen desen versen
Mat groet festal ou truit den herzen.

Faut toujours que le prêtre rie.
Qu'il chante...

GUILLEMETTE.

Son enterrement.
Pauvre homme!

LE DRAPIER.

Il parle proprement
Picard. D'où cette comédie?

GUILLEMETTE.

Sa mère fut de Picardie;
Pour ce, le parle maintenant.

PATHELIN.

D'où viens-tu, carême prenant?
Wacarme lief Gonedman,
Tel bel bighod gheveran,
Henriey, Henriey, ne que maignen,
Grile, grile, schohehonden,
Zilop, zilop, en nom que bouden,
Disticlen unen desen versen
Mat groet festal ou truit den herzen.

Hau, Wattewille! come trie.
Cha, à dringuer, je vous en prie!
Tantost, qui me confessera?

Le Drappier.

Qu'est cecy? Il ne cessera
Huy de parler divers langaige?
Au moins, qu'il me baillast ung gaige
Ou mon argent, je m'en allasse!

Guillemette.

Par les angoisses Dieu! moy lasse!
Vous estes ung bien divers homme!
Que voulez-vous? Je ne sçay comme
Vous estes si fort obstiné.

Pathelin.

Les playes Dieu! Qu'est-ce qui s'ataque
A men cul? Est-che or une vaque,
Une mousque ou ung escarbot?
Hé dea, j'ay le mau sainct Garbot!

Le Drappier.

Comment peut-il porter le fés
De tant parler? Ha! il s'affole!

Hau, Wattewille! come trie.
Cha, à dringuer, je vous en prie!
Tantôt qui me confessera?

LE DRAPIER.

Qu'est-ce encore? Il ne cessera
De parler ces divers langages.
S'il me baillait au moins des gages
Ou mon argent, je m'en irais.

GUILLEMETTE.

Par Dieu! vous le faites exprès
Pour que je me lasse. Quel homme
Etrange! Que veut-il? Ah! comme
On battrait qui s'obstine ainsi.

PATHELIN.

Bé dà, Bé! Qu'est-ce que ceci?
Qu'est-ce que je sens? qui s'attaque
A mes chausses? Est-ce une vaque?
Est-ce une mouche? un escarbot?
Hé dà! j'ai le mal saint Garbot!

LE DRAPIER.

Comment peut-il, sans qu'il affole,
Tant parler?

Guillemette.

Celuy qui l'apprint à l'escole
Estoit Normand : ainsi avient
Qu'en la fin il luy en souvient.
Il s'en va !

Le Drappier.

Ah ! saincte Marie !
Vecy la plus grand'resverie
Où je fusse oncques-mais bouté.
Jamais ne me fusse douté
Qu'il n'eust huy esté à la Foire !

Guillemette.

Vous le cuydez ?

Le Drappier.

Saint Jacques ! voire :
Mais j'apperçoy bien le contraire.

Pathelin.

Sont-il ung asne que j'os braire ?
Huiz oz bez ou dronc noz badou
Digaut an can en ho madou
Empedit dich guicebnuan
Quez que vient ob dre donchaman
Men ez cachet hoz bouzelou
Eny obet grande canou

GUILLEMETTE.

Son maître d'école
Fut Normand. Vers sa fin, voilà
D'où vient son jargon. Il s'en va.

LE DRAPIER.

Rien ne me mit, sainte Marie!
Jamais en telle rêverie.
L'aurais-je cru, lorsqu'aujourd'hui
Il vint?

GUILLEMETTE.

Vous vous entêtez?

LE DRAPIER.

Oui.
Pourtant, je vois bien le contraire.

PATHELIN.

Est-ce un âne que j'entends braire?
Huiz oz bez ou dronc noz badou
Digaut an can en ho madou
Empedit dich guicebnuan
Quez que vient ob dre donchaman
Men ez cachet hoz bouzelou
Eny obet grande canou

15

Maz rechet crux dan holcon,
So ol oz merveil gant nacon,
Aluzen archet episy,
Har cals amour ha courteisy.

Le Drappier.

Helas! pour Dieu, entendez y!
Il s'en va! Comment il gargouille?
Mais que dyable est-ce qu'il barbouille?
Saincte Dame! comme il barbote!
Par le corps bieu! il barbelote
Ses mots, tant qu'on n'y entent rien.
Il ne parle pas chrestien,
Ne nul langaige qui apere.

Guillemette.

Ce fut la mere de son pere,
Qui fut attraicte de Bretaigne...
Il se meurt : cecy nous enseigne
Qu'il faut ses derniers sacremens.

Pathelin.

Hé, par sainct Gignon, tu ne mens!
Et bona dies sit vobis,
Magister amantissime,
Pater reverendissime.

Maz rechet crux dan holcon,
So ol oz merveil gant nacon,
Aluzen archet episy,
Har cals amour ha courteisy.

LE DRAPIER.

Hélas! pour Dieu, comprenez-y.
Il s'en va. Tredame! il barbotte,
Barbouille, gargouille et marmotte
Tous ses mots, tant qu'on n'entend rien.
Ce n'est pas langage chrétien
Ce qu'il dit, ni langue approchante.

GUILLEMETTE.

Je vois d'où vient ce qu'il nous chante :
De Bretagne était sa mèr'grand.
Ah! pauvret! ceci nous apprend
Que bientôt il se peut qu'il meure.
Il faut donc lui donner sur l'heure
Le bon Dieu.

PATHELIN.

Soyez ébaubis,
Et bona dies sit vobis,
Magister amantissime,
Pater reverendissime,
Quomodò brulis? Quæ nova?

Quomodò brulis? Quæ nova?
Parisius non sunt ova.
Quid petit ille mercator?
Dicat sibi quod trufator
Ille, qui in lecto jacet,
Vult ei dare, si placet,
De ocâ ad comedendum :
Si sit bona ad edendum,
Pete sibi sine morâ.

Guillemette.

Par mon serment, il se mourra,
Tout parlant! Comment il escume!
Vcez-vous pas comment il fume?
A haultaine divinité,
Or s'en va son humanité!
Or demourray-je povre et lasse!

Le Drappier.

Il fust bon que je m'en allasse,
Avant qu'il eust passé le pas.
Je doute qu'il ne voulsist pas
Vous dire à son trespassement,
Devant moy, si priveement,
Aucuns secrez, par aventure?
Pardonnez-moy; car je vous jure
Que je cuydoie, par ceste ame,
Qu'il eust eu mon drap. Adieu, dame.
Pour Dieu, qu'il me soit pardonné!

Parisius non sunt ova.
Quid petit ille mercator ?
Dicat sibi quid trufator
Ille, qui in lecto jacet,
Vult ei dare, si placet,
De oca ad comedendum :
Si sit bona ad edendum,
Pete sibi sine mora.

GUILLEMETTE.

Il mourra de parler; il fume,
Voyez, il crache de l'écume.
Adieu sa pauvre humanité !
Que deviendrai-je, en mon été,
Triste veuve, sans sou ni maille ?

LE DRAPIER.

Il sera bon que je m'en aille.
Peut-être, avant que trépasser,
Lui plaira-t-il vous confesser
Aucuns secrets qu'on ne doit dire
Devant d'autres. Je me retire
Pour ne gêner. Pardonnez-moy,
Je croyais de très-bonne foi,
Je vous le jure par cette âme !
Qu'il avait mon drap. Adieu, dame.
Pour Dieu ! qu'il me soit pardonné !

Guillemette.

Le benoist jour vous soit donné!
Si soit à la povre dolente!

Le Drappier.

Par saincte Marie la gente!
Je me tiens plus esbaubely
Qu'onques!... Le dyable, en lieu de ly,
A prins mon drap pour moy tenter.
Benedicite! Attenter
Ne puist-il jà à ma personne!
Et, puis qu'ainsi va, je le donne,
Pour Dieu, à quiconques l'a prins.

SCÈNE VI.

PATHELIN, GUILLEMETTE.

—

Pathelin.

Avant! Vous ay-je bien apprins?
Or s'en va-il, le beau Guillaume!
Dieux! qu'il a dessoubz son heaulme
De menues conclusions!
Moult luy viendra d'avisions
Par nuyt, quant il sera couchié.

GUILLEMETTE.

Que le salut vous soit donné,
Ainsi qu'à moi, pauvre dolente !

LE DRAPIER.

Jamais stupeur si violente
Ne me tint. Le diable, et non lui,
M'enleva ce drap aujourd'hui
Pour me tenter. A ma personne
Qu'il n'attente ! En ce cas je donne
Tout à quiconque me l'a pris.

SCÈNE VI.

PATHELIN, GUILLEMETTE.

—

PATHELIN.

Vous avais-je pas bien appris
Ce qu'il fallait ? Le beau Guillaume !
Il l'a sous le casque, il l'empaume.
Avons-nous emmêlé son fil !
En s'en allant que pense-t-il ?
Que de conclusions menues !
Et que de visions cornues !
Comme il en rêvera couché !

Guillemette.

Comment il a esté mouchié !
N'ay-je pas bien faict mon devoir ?

Pathelin.

Par le corps bieu ! à dire voir,
Vous y avez très-bien ouvré.
Au moins, avons-nous recouvré
Assez drap pour faire des robes.

FIN DU DEUXIÈME ACTE.

GUILLEMETTE.

L'avons-nous assez bien mouché.
Et moi, n'ai-je pas fait...

PATHELIN.

Merveille !
Pour robes de couleur pareille,
Il m'a, je crois, assez auné
Du drap que je me suis donné.

FIN DU DEUXIÈME ACTE.

ACTE III

SCÈNE I

LE DRAPPIER, puis LE BERGIER.

—

Le Drappier, seul.

Quoy! dea chascun me paist de lobes!
Chascun m'emporte mon avoir,
Et prent ce qu'il en peut avoir!
Or suis-je roy des meschéans?
Mesmement, les bergers des champs
Me cabassent, ores le mien,
A qui j'ay tousiours faict du bien.
Il ne m'a pas pour rien gabé :
Il en viendra au pied levé,
Par la Benoiste couronnée!

Thibault Aignelet, bergier.

Dieu vous doint benoiste journée
Et bon vespre, mon seigneur doulx!

ACTE III

SCÈNE 1

LE DRAPIER, LE BERGER.

—

LE DRAPIER.

On me repaît de tromperie
Partout; même à la bergerie,
Chacun m'emporte mon avoir,
Et prend ce qu'il en peut vouloir.
Je suis roi de la male chance.
Jusqu'à mon berger, sotte engeance,
A qui j'ai toujours fait du bien,
Qui me joue, oh! mais non pour rien.
Je veux tantôt qu'il en pâtisse,
Je le fais venir en justice.

THIBAULT AIGNELET, *berger.*

Hé! bon vêpre, mon seigneur doux.

Le Drappier.

Ha! es-tu là, truant merdoux!
Quel bon varlet! Mais à quoy faire?

Le Bergier.

Mais qu'il ne vous vueille desplaire;
Ne sçay quel vestu de royé,
Mon bon seigneur, tout desvoyé,
Qui tenoit ung fouet sans corde,
M'a dict... Mais je ne me recorde
Point bien, au vray, ce que peut estre.
Il m'a parlé de vous, mon maistre,
Et ne sçay quelle ajournerie.
Quant à moy, par saincte Marie!
Je n'y entends ne gros, ne gresle.
Il m'a brouillé de pesle mesle,
De brebis et de relevée,
Et m'a faict une grant levée
De vous, mon maistre, de boucher...

Le Drappier.

Se je ne te fais emboucher
Tout maintenant devant le juge,
Je prie à Dieu que le deluge
Courre sur moy et la tempeste!
Jamais tu n'assommeras beste,
Par ma foy, qu'il ne t'en souvienne!

LE DRAPIER.

Ah! truant, que veux-tu chez nous?
Quel bon valet! mais à quoi faire?

LE BERGER.

Ah! ce n'est pas pour vous déplaire.
C'est qu'un quelqu'un tout bigarré,
Qui par nos champs s'est égaré,
Et qui tenait un fouet sans corde,
M'a dit... Mais je ne me recorde
Au vrai trop bien. Il m'a semblé
Pourtant que de vous m'a parlé,
Mon maître, et d'une ajournerie.
Point ne comprends, sainte Marie!
Par le gros, ni par le menu,
Pourquoi s'en est ainsi venu,
Me brouillant sans y rien connaître,
De relevée, et de mon maître,
Et de brebis, et de boucher...

LE DRAPIER.

Va, si je ne te fais cracher
La vérité devant le juge,
Qu'il tombe sur moi le déluge!
Souviens-t'en, tu n'assommeras
Plus de moutons, et me rendras
Six aunes... J'ai dit l'assommage

Tu me rendras, quoy qu'il advienne,
Six aulnes... dis-je, l'assommaige
De mes bestes et le dommaige
Que tu m'as faict depuis dix ans.

Le Bergier.

Ne croyez pas les mesdisans,
Mon bon seigneur, car, par ceste ame...

Le Drappier.

Et, par la Dame que l'en reclame!
Tu rendras, avant samedy,
Mes six aulnes de drap... Je dy
Ce que tu as prins sur mes bestes.

Le Bergier.

Quel drap? Ah! mon seigneur, vous estes,
Ce croy, courroucé d'autre chose.
Par sainct Leu! mon maistre, je n'ose
Rien dire quand je vous regarde.

Le Drappier.

Laisse m'en paix, va t'en, et garde
Ta journée, se bon te semble!

Le Bergier.

Mon seigneur, accordons ensemble,
Pour Dieu! que je ne plaide point.

De mes bêtes et le dommage
Que tu m'as fait depuis dix ans.

LE BERGER.

Ne croyez pas les médisans,
Mon bon seigneur, car, par cette âme...

LE DRAPIER.

Moi, j'en jure par Notre-Dame,
Tu rendras avant samedi
Mes six aunes de drap... J'ai dit
Ce que tu m'as pris sur mes bêtes.

LE BERGER.

Quel drap? Ah! mon seigneur, vous êtes
Pour quelque autre chose en courroux.
Je n'ose plus rien dire à vous,
Par saint Leu! quand je vous regarde.

LE DRAPIER.

Paix! assez! va-t'en, et prends garde
De manquer l'assignation.

LE BERGER.

Venons à composition,
Mon seigneur; accordons ensemble
Que je ne plaide point.

Le Drappier.

Va, ta besongne est en bon poinct;
Va t'en! Je n'en accorderay,
Par Dieu, je n'en appointeray
Qu'ainsi que le juge fera.
Ha, quoy! chacun me trompera
Mesouen, se je n'y pourvoie.

Le Bergier.

A Dieu, sire, qui vous doint joie!
Il faut donc que je me defende.

Il frappe à la porte de Pathelin.

A-il ame là?

SCÈNE II.

PATHELIN, GUILLEMETTE,
LE BERGIER.

—

Pathelin.

On me pende,
S'il ne revient, parmy la gorge!

Guillemette.

Et non faict, que bon gré sainct George!
Ce seroit bien au pis venir.

LE DRAPIER.

Bien, tremble!
Va, ton affaire est en bon train,
Je n'en démordrai pas d'un brin.
N'espère pas que je compose
Ni m'accorde en la moindre chose,
Non, mais tiens fait ce que dira,
Appointé ce qu'appointera
Le juge. Il est bon qu'on pourvoie
Contre qui nous trompe...

LE BERGER.

Ayez joie.
Faut donc que je sois défendu.

Il frappe à la porte de Pathelin.

Oh! quelqu'un!

___

SCÈNE II.

PATHELIN, GUILLEMETTE,

LE BERGER.

—

PATHELIN.

Que je sois pendu
S'il ne revient!

GUILLEMETTE.

C'est bien le pire
Qui nous puisse arriver.

Le Bergier, entrant.

Dieu y soit! Dieu puist advenir!

Pathelin.

Dieu te gard, compains! Que te fault?

Le Bergier.

On me piquera en defaut
Se je ne voys à ma journée,
Monseigneur, à de relevée.
Et, s'il vous plaist, vous y viendrez,
Mon doulx maistre; et me defendrez
Ma cause, car je n'y sçay rien.
Et je vous payeray très-bien,
Pourtant, se je suis mal vestu.

Pathelin.

Or vien çà? Parles! Qui es-tu?
Ou demandeur? ou defendeur?

Le Bergier.

J'ay affaire à ung entendeur
(Entendez-vous bien, mon doulx maistre?)
A qui j'ay longtemps mené paistre
Ses brebis, et les luy gardoye.
Par mon serment! je regardoye
Qu'il me payoit petitement...
Diray-je tout?

LE BERGER.

Messire,
Dieu vous gard...

PATHELIN.

Dis ce qu'il te faut.

LE BERGER.

Seigneur, on me pique en défaut
Si tantôt ne vais à ma cause,
Or, défendez-moi. De la chose
Ne sais mot. Je suis mal vêtu,
Mais vous payerai très-bien.

PATHELIN.

Qu'es-tu?
Demandeur? défendeur?

LE BERGER.

Doux maître,
Pour un madré longtemps fis paître
— Entendez-vous bien? — ses brebis,
Et quand je les gardais, je vis
— Tout cela bien vrai, car j'en jure, —
Qu'il me faisait maigre pâture,
Qu'il me payait petitement.
Dirai-je tout?

Pathelin.

Dea, seurement :
A son conseil doit-on tout dire.

Le Bergier.

Il est vray et verité, sire,
Que je les luy ay assommées ;
Tant que plusieurs se sont pasmées
Maintesfois, et sont cheutes mortes,
Tant feussent-elles saines et fortes.
Et puis, je luy fesoye entendre,
Afin qu'il ne m'en peust reprendre,
Qu'ilz mouroient de la clavelée.
« Ha ! faict-il ; ne soit plus meslée
Avec les autres : gette-la !
— Voulentiers ! » fais-je. Mais cela
Se faisoit par une autre voye :
Car, par sainct Jean ! je les mangeoye,
Qui sçavoye bien la maladie.
Que voulez-vous que je vous die ?
J'ay cecy tant continué,
J'en ay assommé et tué
Tant, qu'il s'en est bien apperçeu.
Et quand il s'est trouvé deçeu,
M'aist dieu ! il m'a fait espier :
Car on les ouyt bien crier

PATHELIN.

Assurément :
A son conseil on doit tout dire.

LE BERGER.

Le vrai du vrai, c'est que, messire,
J'avisais à les assommer
Tant, que plus d'une en vis pâmer
Maintes fois, et puis tomber morte,
Encor qu'elle fût saine et forte
Et, pour n'être repris après,
A chacune je l'assurais
Que c'était de la clavelée.
« Ah ! qu'elle ne soit plus mêlée
Aux autres, dit-il ; jette-la.
— Volontiers, » fis-je. Mais cela
Se faisait d'une autre manière :
De la première à la dernière,
Comme manger de bon aloi,
Par saint Jean ! je les croquais, moi
Qui savais bien la maladie.
Que voulez-vous que je vous die ?
J'ai ceci tant continué,
J'en ai tant assommé, tué
Tant, qu'il s'est aperçu du conte.
Comme il n'aime point qu'on l'affronte,
Pour lors, il m'a fait épier.
Or, les bêtes, ça veut crier

(Entendez-vous?) quand on le sçait.
Or, j'ay esté prins sur le faict :
Je ne le puis jamais nier.
Si vous voudroye bien prier
(Pour du mien, j'ay assez finance)
Que nous deux luy baillons l'avance.
Je sçay bien qu'il a bonne cause;
Mais vous trouverez bien tel clause,
Se voulez, qu'il l'aura mauvaise.

Pathelin.

Par ta foy, seras-tu bien aise?
Que donras-tu, si je renverse
Le droit de ta partie adverse,
Et si je t'en envoye absoulz?

Le Bergier.

Je ne vous payeray point en soulz,
Mais en bel or à la couronne.

Pathelin.

Donc auras-tu ta cause bonne.
Et, fust-elle la moytié pire,
Tant mieulx vault, et plustost l'empire,
Quand je veulx mon sens aplicquer.
Que tu m'orras bien descliquer,
Quand il aura fait sa demande!
Or, vien çà : et je te demande,

Quand on les tue : on put entendre
Puisqu'on savait, et puis me prendre
Sur le fait, sans pouvoir nier.
Aussi, je voudrais vous prier,
Mais à bon prix, car j'ai finance,
Pour que prenions sur lui l'avance.
Il a bonne cause, je sais ;
Mais par quelque clause au procès,
S'il vous plaît, il l'aura mauvaise.

PATHELIN.

Par ta foi, seras-tu bien aise ?
Mais ensuite que paieras-tu
Si, quand j'aurai bien débattu,
Je te donne gain et renverse
Le droit de ta partie adverse,
Si je fais que tu sois absous ?

LE BERGER.

Je ne vous payerai pas en sous,
Mais en bel or à la couronne.

PATHELIN.

S'il est ainsi, ta cause est bonne.
Fût-elle pire encor, tant mieux,
Car celles-ci, quand je le veux,
Sont les meilleures. Qu'il s'explique,
Et tu verras à ma réplique

Par le sainct sang bien precieux !
Tu es assez malitieux
Pour entendre bien la cautelle.
Comment est-ce que l'en t'appelle ?

Le Bergier.

Par sainct Maur ! Thibault l'Aignelet.

Pathelin.

L'Aignelet, maint aigneau de laict
Tu as cabassé à ton maistre ?

Le Bergier.

Par mon serment ! il peut bien estre
Que j'en ay mangé plus de trente.
En trois ans.

Pathelin.

            Ce sont dix de rente,
Pour tes dez et pour ta chandelle.
Je croy que luy bailleray belle !...
Penses-tu qu'il puisse trouver.
Sur piez, par qui ces faicts prouver ?
C'est le chief de la playderie.

Le Bergier.

Prouver, sire ! Saincte Marie !
Par tous les saincts de paradis !
Pour ung, il en trouvera dix,
Qui contre moy deposeront.

Ce que je ferai de son droit.
Mais viens çà. Tu parais adroit
Et bien entendre la cautelle.
Comment est-ce que l'on t'appelle?

LE BERGER.

Thibault l'Aignelet.

PATHELIN.

L'Aignelet,
Tu mangeas maint aigneau de lait
A ton maître...

LE BERGER.

Un peu plus de trente
En trois ans.

PATHELIN.

Ce sont dix de rente
Pour ta chandelle. On le jouera,
Va, bel et bien Il lui faudra
D'abord, c'est la clef de la cause,
Quelqu'un qui sur les faits dépose,
Qui prouve...

LE BERGER.

Saints du Paradis !
Pour un il en trouvera dix
Qui s'en viendront déposer contre.

18

Pathelin.

C'est ung cas qui bien fort desrompt
Ton faict... Vecy que je pensoye :
Je faindray que point je ne soye
Des tiens, ne que je te visse oncques?

Le Bergier.

Ne ferez, dieux!

Pathelin.

Non, rien quelconques.
Mais vecy qui te conviendra :
Se tu parles, on te prendra,
Coup à coup, aux positions;
Et, en telz cas, confessions
Sont si très-prejudiciables,
Et nuysent tant, que ce sont dyables!
Et, pour ce, vecy qu'il faudra :
Jà tost, quand on t'appellera
Pour comparoir en jugement,
Tu ne respondras nullement,
Fors Bée, pour riens que l'on te die.
Et, s'il advient qu'on te mauldie,
En disant : « Hé, cornart puant;
Dieu vous mette en mal an, truant!
Vous mocquez-vous de la justice? »
Dy : Bée. « Ha! feray-je, il est nice;

PATHELIN.

Mauvais cas, fâcheuse rencontre
Et qui rompt bien ton fait. Voici
Ce que j'avise : il faut qu'ici
Je ne semble pas te connaître.

LE BERGER.

Hé dieux ! que non pas, mon doux maître !

PATHELIN.

Patience, et voyons un peu
Ce qui conviendra pour ton jeu :
Si tu parles, on te confesse,
On te fait, sans répit ni cesse,
Questions pleines d'embarras.
Or, confessions, en tels cas,
Sont des plus préjudiciables
Et nuisent tant que ce sont diables.
Voici donc ce qu'il nous faudra :
Tantôt, quand on t'appellera
Pour comparoir au plaid, renonce
A rien dire ; que ta réponse
Unique à ce qu'on te dira
Soit : *Bée* ; ainsi : *Bée* ; on criera :
« Vous moquez-vous de la justice,
Truand ? » Dis : *Bée*. « Il est novice .

Il cuide parler à ses bestes. »
Mais, s'ilz devoient rompre leurs testes,
Que autre mot n'ysse de ta bouche :
Garde-t'en bien !

Le Bergier.

Le faict me touche.
Je m'en garderay vrayement,
Et le feray bien proprement,
Je vous promets et afferme.

Pathelin.

Or t'en garde; tiens-toy bien ferme.
A moy-mesme, pour quelque chose
Que je te die, ne propose,
Si ne respondz point autrement.

Le Bergier.

Moy! nenny, par mon sacrement !
Dictes hardiment que j'affolle,
Se je dy huy autre parolle,
A vous ne à autre personne,
Pour quelque mot que l'on me sonne,
Fors Bée, que vous m'avez apprins.

Pathelin.

Par sainct Jean ! ainsi sera prins
Ton adversaire par la moe.

Et pense à ses bêtes parler »,
Ferai-je. En dût-on affoler,
Qu'il ne te sorte de la bouche
Que *Bée*.

LE BERGER.

Allez, le cas me touche :
Sur mes gardes je me tiendrai,
Soyez sûr, et très-bien ferai
Tout.

PATHELIN.

Même à moi, pour quelque chose
Que je te die ou te propose,
Pas d'autre réponse !

LE BERGER.

C'est dit.
Tenez-moi pour un interdit,
Si, quoi qu'on me chante ou me sonne
Aujourd'hui, je dis à personne,
Même à vous, que le mot appris :
Bée.

PATHELIN.

Ainsi, saint Jean ! sera pris
Ton adversaire. Quelle moue

Mais, aussi, fais que je me loe,
Quand ce sera faict, de ta paye.

Le Bergier.

Monseigneur, se je ne vous paye
A vostre mot, ne me croyez
Jamais. Mais, je vous pry', voyez
Diligemment à ma besongne.

Pathelin.

Par Nostre Dame de Boulogne!
Je tiens que le juge est assis,
Car il se siet tousjours à six
Heures, ou illec environ.
Or vien après moy : nous n'iron
Pas tous les deux par une voye.

Le Bergier.

C'est bien dit : afin qu'on ne voye
Que vous soyez mon advocat?

Pathelin.

Nostre Dame! moquin, moquat,
Se tu ne payes largement!...

Le Bergier.

Dieux! à vostre mot vrayement,
Monseigneur, n'en faictes nul doubte.

Il fera ! Mais que je me loue
De ta paye après : il le faut.

LE BERGER.

Si je ne paye à votre mot,
Ne croyez, maître, aucune chose
De moi. Mais voyez à ma cause
Diligemment.

PATHELIN.

          Vers cinq ou six,
Chaque jour le juge est assis.
Viens après moi, par une voie
Opposée...

LE BERGER.

       Afin qu'on ne voie
Que vous me conseillez ? Bien dit.

PATHELIN.

Puis paye amplement, sans crédit,
Ou gare !

LE BERGER.

      A votre mot ; nul doute
N'ayez.

Pathelin, seul.

Hé dea, s'il ne peult, il desgoute.
Au moins, auray-je une espinoche :
J'auray de luy, s'il chet en coche,
Ung escu ou deux, pour ma paine.

SCÈNE III.

PATHELIN, LE JUGE.

—

Pathelin, au Juge.

Sire, Dieu vous doint bonne estraine,
Et ce que vostre cueur desire !

Le Juge.

Vous soyez le bien venu, sire !
Or vous couvrez. Çà, prenez place.

Pathelin.

Dea, je suis bien, sauf vostre grace :
Je suis icy plus à delivre.

Le Juge.

S'il y a riens, qu'on se delivre
Tantost, affin que je me lieve ?

PATHELIN, seul.

S'il ne pleut, il dégoutte.
J'aurai, si tout va bien au plaid,
Quelque épinoche en mon filet :
Un ou deux écus pour ma peine.

———

SCÈNE III.

PATHELIN, LE JUGE.

—

PATHELIN, au juge.

Sire, ayez de Dieu bonne étrenne ;
Vos souhaits, qu'il les comble tous.

LE JUGE.

Bien venu soyez. Couvrez-vous,
Messire, et céans prenez place.

PATHELIN.

Je suis bien là, sauf votre grâce ;
J'aurai plus aise et mouvement.

LE JUGE.

N'est il pas quelque ajournement ?
Qu'on fasse vite, ou je me lève.

SCÈNE IV.

LES MÊMES, LE DRAPPIER,
puis LE BERGIER.

—

Le Drappier.

Mon advocat vient, qui achieve
Ung peu de chose qu'il faisoit,
Monseigneur; et, s'il vous plaisoit,
Vous feriez bien de l'attendre.

Le Juge.

Hé dea ! j'ay ailleurs à entendre.
Se vostre partie est presente,
Delivrez-vous, sans plus d'attente.
Et n'estes-vous pas demandeur?

Le Drappier.

Si suis.

Le Juge.

Où est le defendeur?
Est-il cy present en personne?

SCÈNE IV.

LES MÊMES, LE DRAPIER,
PUIS LE BERGER.

—

LE DRAPIER.

Mon avocat vient; il achève
Quelques affaires qu'il faisait,
Monseigneur, et, s'il vous plaisait,
Vous m'obligeriez de l'attendre.

LE JUGE.

Mais ailleurs il me faut entendre.
Si votre adversaire est présent
Lui-même ici, finissons-en,
Sans autres délais ni défaites.
Le demandeur, c'est vous qui l'êtes?

LE DRAPIER.

Oui.

LE JUGE.

Le défendeur est-il là?
Çà, qu'on réponde.

Le Drappier.

Ouy : veez-le là qui ne sonne
Mot; mais Dieu scet qu'il en pense !

Le Juge.

Puisque vous estes en presence
Vous deux, faites vostre demande.

Le Drappier.

Vecy doncques que luy demande,
Monseigneur. Il est verité
Que, pour Dieu et en charité,
Je l'ay nourry en son enfance;
Et, quand je vy qu'il eut puissance
D'aller aux champs, pour abregier,
Je le fis estre mon bergier,
Et le mis à garder mes bestes :
Mais, aussi vray comme vous estes
Là assis, monseigneur le juge,
Il en a faict ung tel deluge
De brebis et de mes moutons,
Que sans faulte...

Le Juge.

Or, escoutons :
Estoit-il point vostre aloué?

LE DRAPIER.

Le voilà,
Monseigneur, en propre personne,
Tout près, dans ce coin, qui ne sonne
Mot ; mais il en pense Dieu sait !

LE JUGE.

Tous les deux étant présens, c'est
L'instant. Qu'on demande et défende.

LE DRAPIER.

Voici ce que je lui demande.
Monseigneur : Il est vérité
Qu'autant pour Dieu que charité,
Je l'ai nourri dans son enfance,
Et quand je vis qu'il eut puissance
D'aller au champ, pour abréger,
Je le fis être mon berger
Et le mis à garder mes bêtes.
Mais, aussi vrai comme vous êtes
Là, messire, il a de brebis
Et moutons fait tel abatis...

LE JUGE.

Écoutons : vous l'aviez à gage
Et loué ?

Pathelin.

Voire; car, s'il s'estoit joué
A le tenir, sans alouer...

Le Drappier, reconnaissant Pathelin,
qui se couvre le visage avec la main.

Je puisse Dieu desavouer,
Se n'estes-vous sans nulle faulte!

Le Juge.

Comment, vous tenez la main haute?
A'vous mal aux dents, maistre Pierre?

Pathelin.

Ouy; elles me font telle guerre,
Qu'oncques-mais ne senty tel raige :
Je n'ose lever le visaige.
Pour Dieu, faites-les proceder!

Le Juge.

Avant, achevez de plaider.
Suz, concluez appertement?

Le Drappier.

C'est-il, sans autre, vrayement!
Par la croix où Dieu s'estendy!
C'est à vous à qui je vendy
Six aulnes de drap, maistre Pierre.

PATHELIN.

Prendre sans louage!
Il ne s'y serait pas joué,
Car...

LE DRAPIER, *reconnaissant Pathelin, qui
se couvre le visage avec la main.*

Dieu me soit désavoué
Si ce n'est pas vous, vous sans faute !

LE JUGE.

Comme vous tenez la main haute
Aux dents, maître Pierre! Est-ce un mal?

PATHELIN.

Qui m'est un tourment sans égal.
Jamais ne sentis telle rage;
Je n'ose lever le visage.
Pour Dieu, faites les procéder.

LE JUGE.

Avant qu'acheviez de plaider,
Sus, concluez de façon claire.

LE DRAPIER.

C'est lui, vraiment, qui le vint faire,
Et pas un autre. — Je le dis :
Oui, c'est à vous que je vendis
Six aunes de drap, maître Pierre.

Le Juge.

Qu'est-ce qu'il dit de drap?

Pathelin.

Il erre.
Il cuide à son propos venir,
Et il n'y scet plus advenir,
Pour ce qu'il ne l'a pas apprins.

Le Drappier.

Pendu soye, se autre l'a prins,
Mon drap, par la sanglante gorge!

Pathelin.

Comme le meschant homme forge
De loing, pour fournir son libelle!
Il veut dire (il est bien rebelle!)
Que son bergier avoit vendu
La laine (je l'ay entendu)
Dont fut faict le drap de ma robbe,
Comme il dict qu'il le desrobe,
Et qu'il luy a emblé la laine
De ses brebis.

Le Drappier.

Male semaine
M'envoye Dieu, se vous ne l'avez!

LE JUGE.

Qu'est-ce qu'il dit de drap?

PATHELIN.

Il erre.

A son propos il veut venir,
Et ne sait comment y fournir.
Il ne fut pas à bonne école.

LE DRAPIER.

Par tous les saints des gens qu'on vole!
On m'a pris mon drap, et c'est vous.

PATHELIN.

Voyez quels raisonnements fous,
Et comme ce méchant les tire
De loin pour sa cause! Il veut dire
—Est-ce assez gauche, assez tordu? —
Que son berger avait vendu
— Nous l'avons tous compris sans peine
N'est-ce pas, monseigneur? — la laine
Avec laquelle fut tissu
Le drap de ma robe; or, deçu,
Volé, prétend-il par cet homme...

LE DRAPIER.

Que je sois maudit, qu'on m'assomme,
Si ce n'est pas vous qui l'avez !

Le Juge.

Paix! par le dyable! vous bavez!
Et ne sçavez-vous revenir
A vostre propos, sans tenir
La court de telle baverie?

Pathelin, ayant toujours sa main au visage.

Je sens mal, et faut que je rie.
Il est desja si empressé,
Qu'il ne scet où il l'a laissé :
Il faut que nous luy reboutons.

Le Juge.

Suz, revenons à ces moutons :
Que fit-il?

Le Drappier.

Il en print six aulnes
De neuf francs.

Le Juge.

Sommes-nous bejaunes,
Ou cornarts? Où cuidez-vous estre?

Pathelin.

Par le sang bieu! il nous fait paistre!

LE JUGE.

Paix, diantre! vous extravaguez.
Voyons, sans troubler davantage
La cour par un tel bavardage,
Ne sauriez-vous, l'esprit dispos,
Revenir à votre propos?

PATHELIN, *ayant toujours sa main
au visage.*

Je souffre et ris. De glose en glose,
Trop de hâte égara sa cause!
Cherchons vite, et l'y remettons.

LE JUGE.

Sus! revenons à ces moutons.
Qu'en fit-il?

LE DRAPIER.

Il en prit six aunes
De neuf francs.

LE JUGE.

Sommes-nous béjaunes,
Sots et niais. Où vous croyez-vous?

PATHELIN.

Sangbieu! je pense, il nous fait tous
Bons à paître, bêtes de somme.
On dirait pourtant un bon homme,

Qu'est-il bon homme par sa mine!
Mais, je le loz, qu'on examine
Un bien peu sa partie adverse.

Le Juge.

Vous dictes bien : il le converse!
Il ne peut qu'il ne le cognoisse.
Vien çà! Dy!

Le Bergier.

Bée!

Le Juge.

Vecy angoisse!
Quel Bée est-ce cy? Suis-je chievre?
Parle à moy.

Le Bergier.

Bée!

Le Juge.

Sanglante fievre
Te doint Dieu! Et te moques tu?

Pathelin.

Croyez qu'il est fol, ou testu,
Ou qu'il cuide estre entre ses bestes.

Mais la mine n'est pas le jeu.
Si vous examiniez un peu
L'adversaire?

LE JUGE.

Bien dit. Peut-être
Il pourra le faire connaître,
Le voyant tous les jours. Viens çà,
Dis...

LE BERGER.

Bée!

LE JUGE.

Eh! qu'est-ce là?
Quel *bée*? Autre ennui. Suis-je chèvre?
Parle.

LE BERGER.

Bée!

LE JUGE.

Encor! quelle fièvre
Te prend-il là? Te moques-tu?

PATHELIN.

Croyez qu'il est fol ou têtu,
Ou qu'il croit être entre ses bêtes.

Le Drappier, à Pathelin.

Or regnie-je bieu, se vous n'estes
Celuy, sans autre, qui avez
Eu mon drap... Ha! vous ne sçavez,
Monseigneur, par quelle malice...

Le Juge.

Et taisez-vous! Estes-vous nice?
Laissez en paix cest accessoire,
Et venons au principal.

Le Drappier.

Voire,
Monseigneur; mais le cas me touche :
Toutesfois, par ma foy, ma bouche
Meshuy un seul mot n'en dira.
Une autre fois, il en yra
Ainsi qu'il en pourra aller :
Il le me convient avaller
Sans mascher... Or çà, je disoye,
A mon propos, comment j'avoye
Baillé six aulnes... Doy-je dire
Mes brebis... Je vous en pry, sire,
Pardonnez-moy... Ce gentil maistre...
Mon bergier, quant il devoit estre
Aux champs... Il me dit que j'auroye

LE DRAPIER, *à Pathelin*.

Que Dieu me damne si vous n'êtes
Celui, sans autre, qui m'avez
Eu mon drap. Ha! vous ne savez,
Monseigneur, par quelle malice.

LE JUGE.

Taisez-vous. Le bon sens vous glisse.
Cet accessoire m'est égal;
Laissez-le pour le principal.

LE DRAPIER.

Oui, Monseigneur. Le cas me touche;
Cependant, j'en jure, ma bouche
Aujourd'hui, plus mot n'en dira.
Il en sera ce qui pourra
Une autre fois. Qu'il me régale
Ou non, sans mâcher je l'avale.
Or, je baillai six aunes... Non,
Mes bêtes, ai-je dit. Pardon,
Messire! Donc, ce gentil maître...
Mon berger, quand il devait être
Aux champs... Il me dit que j'aurais
Six écus d'or quand je viendrais.
Non, si fait, non. Suffit, j'abrége.
Depuis trois ans en ça, disais-je,

Six escus d'or, quant je viendroye...
Dy-je, depuis trois ans en çà,
Mon bergier me convenança
Que loyaument me garderoit
Mes brebis, et ne m'y feroit
Ne dommaige ne villenie...
Et puis, maintenant il me nie
Et drap et argent plainement!
Ah! maistre Pierre, vrayement,
Ce ribaut-cy m'embloit les laines
De mes bestes; et, toutes saines,
Les fesoit mourir et perir,
Par les assommer et ferir
De gros baston sur la cervelle...
Quant mon drap fut soubz son aisselle,
Il se mist en chemin grant erre,
Et me dist que j'allasse querre
Six escus d'or en sa maison...

Le Juge.

Il n'y a rime ne raison
En tout quant que vous rafardez.
Qu'est cecy? Vous entrelardez
Puis d'un, puis d'autre. Somme toute,
Par le sang bieu! je n'y voy goute!
Il brouille de drap, et babille
Puis de brebis, au coup la quille!
Chose qu'il dit ne s'entretient.

Mon berger convint avec moi
Qu'il garderait de bonne foi,
Sans dommage ni vilenie,
Mes bêtes... Maintenant il nie
Tout : argent et drap pleinement.
Ah! maître Pierre, assurément
Ce ribaud-ci volait les laines
De mes brebis, et toutes saines
Les faisait mourir et périr,
Par les assommer et férir
De gros bâton sur la cervelle...
Quand mon drap fut sous son aisselle,
Il dit, se mettant en chemin,
Que, sans attendre au lendemain,
En sa maison je m'en allasse
Quérir six écus.

LE JUGE.

Je me lasse.
Il n'est ni rime ni raison
Ici, dans tout ce qu'à foison
Vous entrelardez. Somme toute,
Par le sangbieu! je n'y vois goutte :
Que de bourdes, quels sots débits!
Il brouille drap, argent, brebis.
Il va, comme boule à la quille;
De l'un, puis de l'autre il babille.
Rien dans ce qu'il dit ne se tient.

Pathelin.

Or, je m'en fais fort, qu'il retient
Au povre bergier son salaire.

Le Drappier.

Par Dieu! vous en peussiez bien taire!
Mon drap, aussi vray que la messe...
Je sçay mieux où le bas m'en blesse,
Que vous ne un autre ne sçavez...
Par la teste bieu! vous l'avez!

Le Juge.

Qu'est-ce qu'il a?

Le Drappier.

Rien, monseigneur.
Certainement, c'est le greigneur
Trompeur... Holà! je m'en tairay
Si je puis, et n'en parleray
Meshuy, pour chose qu'il advienne.

Le Juge.

Et non! Mais qu'il vous en souvienne!
Or, concluez appertement!

Pathelin.

Ce bergier ne peut nullement

PATHELIN.

Je me ferais fort qu'il retient
Au pauvre berger son salaire.

LE DRAPIER.

Ah ! taisez-vous. La chose est claire
Pour moi. Mon drap... Vous ne savez
Ce qu'il m'en cuit... Vrai ! vous l'avez !

LE JUGE.

Qu'est-ce qu'il a ?

LE DRAPIER.

   Rien, mais je jure
Que c'est bien le plus grand parjure,
Le plus grand fourbe. Je me tais,
Et n'en parlerai plus jamais ..
D'aujourd'hui, non, quoi qu'il advienne,
Si je puis...

LE JUGE.

   Qu'il vous en souvienne !
Concluez donc, et clairement.

PATHELIN.

Ce berger ne peut nullement

Respondre aux fais que l'on propose,
S'il n'a du conseil; et il n'ose
Ou il ne scet en demander.
S'il vous plaisoit moy commander
Que je fusse à luy, je y seroye.

Le Juge.

Avecques luy? Je cuideroye
Que ce fust trestoute froidure :
C'est peu d'acquest.

Pathelin.

Mais je vous jure
Qu'aussi n'en veuil rien avoir :
Pour Dieu soit ! Or, je voys sçavoir
Au pauvret, qu'il voudra me dire,
Et s'il me sçaura point instruire
Pour respondre aux fais de partie.
Il auroit dure departie
De ce, qui ne le secourroit !
Vien çà, mon amy. Qui pourroit
Prouver?... Entens ?

Le Bergier.

Bée !

Pathelin.

Quel Bée, dea?

Répondre aux faits que l'on propose,
S'il n'a du conseil. Or il n'ose,
Ou ne sait pas en demander.
Vous plairait-il me commander
Que je sois à lui? je m'y donne.

LE JUGE.

Conseil à si pauvre personne !
Maigres profits.

PATHELIN.

Je n'en veux pas
Non plus : débrouiller ces débats,
Savoir ce que me voudra dire
Ce pauvret, voir s'il peut m'instruire
Pour répondre aux faits jusqu'au bout,
Voilà tout ce que je veux, tout.
J'en aurais l'âme repentie,
S'il restait contre sa partie
Sans aucun secours; ce serait
Pitié vraiment ! — Ça, qui pourrait,
Tant cette cause est embourbée,
Prouver?... Entends et réponds.

LE BERGER.

Bée !

PATHELIN.

Comment? *Bée*, as-tu dit? Oui da !

Par le sainct Sang que Dieu crea!
Es-tu fol? Dy-moy ton affaire.

Le Bergier.

Bée!

Pathelin.

Quel Bée? Oys-tu tes brebis braire?
C'est pour ton prouffit : entens-y.

Le Bergier.

Bée!

Pathelin.

Et dy : Ouy ou Nenny,
C'est bien faict. Dy tousjours. Feras?

Le Bergier.

Bée!

Pathelin.

Plus haut! Ou tu t'en trouveras
En grans depens, ou je m'en doubte.

Le Bergier.

Bée!

Pathelin.

Or est plus fol cil qui boute
Tel fol naturel en procès!
Ha! sire, renvoyez-l'en à ses
Brebis. Il est fol de nature.

Quel *Bée?* Ouais sangbieu! qu'est-ce là?
Es-tu fol? Dis-moi ton affaire.

LE BERGER.

Bée!

PATHELIN.

Entends-tu tes brebis braire?
C'est pour ton profit, non le mien.

LE BERGER.

Bée!

PATHELIN.

Un mot! Dis: « oui, non. » (*Bas.*) C'est bien,
Va.

LE BERGER.

Bée!

PATHELIN, *de même.*

Un peu plus haut. (*Haut.*) N'oublie
Qu'il t'en cuirait.

LE BERGER.

Bée!

PATHELIN.

Ah! folie.
A qui met tels fous en procès!
Sire, qu'on le renvoie à ses
Brebis! Il est fol de nature.

Le Drappier.

Est-il fol? Sainct Sauveur d'Esture !
Il est plus saige que vous n'estes.

Pathelin.

Envoyez-le garder ses bestes,
Sans jour que jamais ne retourne.
Que maudit soit-il qui adjourne
Tels folz, que ne fault adjourner !

Le Drappier.

Et l'en fera-l'en retourner
Avant que je puisse estre ouy !

Pathelin.

M'aist Dieu ! Puis qu'il est fol, ouy.
Pourquoy ne fera ?

Le Drappier.

Hé dea, sire,
Au moins, laissez-moy avant dire
Et faire mes conclusions.
Ce ne sont pas abusions
Que je vous dy, ne mocqueries !

Le Juge.

Ce sont toutes tribouilleries,

LE DRAPIER.

Fol! Il est plus sage, j'en jure,
Que vous.

PATHELIN.

Faites-le retourner
A ses bêtes, sans l'ajourner
Plus. Ah ! je l'ai dit : Dieu maudisse
Qui met de tels fous en justice!

LE DRAPIER.

Il s'en retournerait là-bas
Sans qu'on m'entende !

PATHELIN.

Pourquoi pas?
Puisqu'il est fol.

LE DRAPIER.

Au moins, messire,
Auparavant laissez-moi dire,
Et faire ma conclusion.
Ce n'est point baliverne.

LE JUGE.

Non,
Mais c'est un fâcheux tribouillage!

Que de plaider à folz ne à folles !
Escoutez : à moins de parolles,
La Court n'en sera plus tenue.

Le Drappier.

S'en iront-ilz, sans retenue
De plus revenir !

Le Juge.

Et quoy doncques?

Pathelin.

Revenir? Vous ne veistes oncques
Plus fol, ne en faict, ne en response :
Et cil ne vault pas mieulx une once.
Tous deux sont folz et sans cervelle :
Par saincte Marie la belle !
Eux deux n'en ont pas un quarat.

Le Drappier.

Vous l'emportastes, par barat,
Mon drap, sans paye, maistre Pierre !
Par la chair bieu, ne par sainct Pierre !
Ce ne fut pas faict de preud'homme.

Pathelin.

Or, je regny sainct Pierre de Romme,
S'il n'est fin fol, ou il affolle !

Plaider contre un fol n'est pas sage.
Si vous n'avez à mettre au jour
Rien de plus, je dis : Hors de cour !

LE DRAPIER.

Eux partir ! sans qu'il leur en coûte
Même de revenir !

LE JUGE.

Sans doute.

PATHELIN.

Revenir ! Vîtes-vous jamais
Plus grand fol de mots et de faits !
Sa cervelle, à chaque réponse,
Semble ne pas peser une once
Plus que celle de l'autre. Un quart
Pour tous les deux, voilà leur part.

LE DRAPIER.

Sans paye, en trichant, maître Pierre,
Vous prîtes mon drap. Ce n'est guère
Fait d'honnête homme.

PATHELIN.

Il est fol.

Le Drappier.

Je vous cognois à la parolle,
Et à la robbe, et au visaige.
Je ne suis pas fol; je suis saige,
Pour congnoistre qui bien me faict.
Je vous compteray tout le faict,
Monseigneur, par ma conscience.

Pathelin.

Hé, sire, imposez-luy silence !
Au Drappier.
N'avous honte de tant debatre
A ce bergier, pour trois ou quatre
Vieilz brebiailles ou moutons,
Qui ne valent pas deux boutons?
Il en faict plus grand kyrielle !...

Le Drappier.

Quelz moutons? C'est une vielle :
C'est à vous-mesme que je parle,
A vous! Et me le rendrez, par le
Dieu qui voult à Noel estre né !

Le Juge.

Veez-vous! Suis-je bien assené?
Il ne cessera huy de braire.

LE DRAPIER.
                        Point!
Je vous reconnais de tout point
Certes : à la robe, au visage,
A la parole. Je suis sage,
Non fol. Sans qu'il m'échappe rien,
Je vois ce qu'on me fait de bien.
Je dirai tout en conscience...

PATHELIN.

De grâce, imposez-lui silence,
Monseigneur. N'est-il pas honteux,
Pour quatre ou cinq moutons galeux,
Qu'on n'aurait pas payés deux mailles,
Et quelques vieilles brebiailles,
Dont pas un n'eût voulu manger,
De tant débattre à ce berger?
Il en fait une kyrielle...

LE DRAPIER.

Quels moutons? Cessez cette vielle,
Et ses refrains, je les sais tous.
C'est à vous que je parle, à vous,
Entendez bien, et je l'exige,
Par Dieu! vous me le rendrez.

LE JUGE.
                        Suis-je
Assez-bien assommé par lui?
Il n'en finira d'aujourd'hui.

Le Drappier.

Je luy demande...

Pathelin, au Juge.

Faictes-le taire !

Au Drappier.

Et, par Dieu, c'est trop flageollé.
Prenons qu'il en ait affollé
Six ou sept, ou une douzaine,
Et mengez en sanglante estraine :
Vous en estes bien meshaigné !
Vous avez plus que tant gaigné,
Au temps qu'il les vous a gardez.

Le Drappier.

Regardez, sire ; regardez !
Je luy parle de drapperie,
Et il respond de bergerie !
Six aulnes de drap, où sont elles,
Que vous mistes soubz vos aisselles ?
Pensez-vous point de me les rendre ?

Pathelin.

Ha ! sire, le ferez-vous pendre
Pour six ou sept bestes à laine ?
Au moins, reprenez vostre halaine :
Ne soyez pas si rigoureux

LE DRAPIER.

Je lui demande...

PATHELIN, *au Juge.*

Qu'il se taise!

Au Drapier.

Vous en rabâchez trop à l'aise.
Prenons, j'y consens, qu'il en ait
Mangé six ou sept ; compte fait,
Donnons-lui même la douzaine,
Vous voilà, ma foi, bien en peine !
Tout le temps qu'il les avait eus
En garde, il vous en gagna plus.

LE DRAPIER.

Voyez, je parle draperie,
Il me répond, lui, bergerie !
Six aunes de mes meilleurs draps,
Que vous mîtes sous votre bras,
Ne pensez-vous point à les rendre?

PATHELIN.

Pour six brebis, faut-il le pendre !
Sire, ah ! n'ayez cette rigueur.
Auparavant, du fond du cœur,
Voyez ce berger misérable,

Au povre bergier douloureux,
Qui est aussi nud comme un ver !

Le Drappier.

C'est très-bien retourné le ver !
Le Dyable me fist bien vendeur
De drap à ung tel entendeur !

Au Juge.

Dea, monseigneur, je luy demande...

Le Juge, au Drappier.

Je l'absoulz de vostre demande,
Et vous deffens le proceder.
C'est un bel honneur de plaider
A ung fol !...

Au Bergier.

Va-t'en à tes bestes.

Le Bergier.

Bée !

Le Juge, au Drappier.

Vous monstrez bien quel vous estes,
Sire, par le sang Nostre Dame !

Le Drappier.

Hé dea, monseigneur, bon gré m'ame,
Je luy vueil...

Douloureux, navré, pauvre diable,
Nu comme un ver.

LE DRAPIER.

Bien retourné !
C'est le malin qui m'a donné,
Pour mon drap, pareille pratique.

Au Juge.

Je lui demande en ma supplique,
Monseigneur...

LE JUGE.

Et moi, je l'absous.
De plus je vous défends, à vous,
Le procès. Je perds patience.
Le bel honneur en conscience
De plaider contre un fol ?

Au Berger.

Toi, va,
Va-t'en à tes bêtes.

LE BERGER.

Bée !

LE JUGE, au Drapier.

Ah !
Je vois qui vous êtes...

LE DRAPIER.

L'affaire
Doit, Monseigneur...

Pathelin.

S'en pourroit-il taire ?

Le Drappier, à Pathelin.

Et c'est à vous que j'ay affaire :
Vous m'avez trompé faulcement,
Et emporté furtivement
Mon drap, par vostre beau langaige.

Pathelin, au Juge.

Ho ! j'en appelle à mon couraige :
Et vous l'oyez bien, monseigneur.

Le Drappier.

M'aist Dieu ! vous estes le greigneur
Trompeur !...

Au Juge.

Monseigneur, quoy qu'on die...

Le Juge.

C'est une droicte conardie
Que de vous deux : ce n'est que noise.

Il se lève.

M'aist Dieu, je loe que je m'en voise.

Au Bergier.

Va-t'en, mon amy; ne retourne
Jamais, pour sergent qui t'adjourne.
La Cour t'absout : entends-tu bien ?

PATHELIN.

Va-t-il se taire !

LE DRAPIER, *à Pathelin*.

C'est à vous que tend mon fait, oui,
A vous, qui m'avez trompé, qui,
Furtif, par votre beau langage
Prîtes mon drap.

PATHELIN.

Que de courage
Il faut ! Voyez ce qui lui prend.

LE DRAPIER.

Vrai Dieu ! vous êtes le plus grand
Fourbe.

Au Juge.

Souffrez donc que je die...

LE JUGE.

Non, car c'est pure comédie
Qu'entre vous cette noise. Assez !
Moi, je m'en veux aller, cessez.

Au Berger.

Ami, va-t'en, aux champs retourne,
Ne reviens plus, quoiqu'on t'ajourne.
La Cour t'absout : comprends ce mot.

Pathelin, au Bergier.

Dy grand mercy.

Le Bergier.

Bée !

Le Juge, au Bergier.

Dy-je bien ?
Va-t'en, ne te chault ; autant vaille.

Le Drappier.

Mais est-ce raison qu'il s'en aille
Ainsi ?

Le Juge.

Ouy. J'ay affaire ailleurs.
Vous estes par trop grands railleurs :
Vous ne m'y ferez plus tenir :
Je m'en voys. Voulez-vous venir
Souper avec moy, maistre Pierre ?

Pathelin.

Je ne puis.

Le Juge s'en va.

PATHELIN, *au Berger*.

Et dis merci.

LE BERGER.

Bée !

LE JUGE.

Autant vaut.
Va-t'en.

LE DRAPIER.

Est il bien qu'il s'en aille
Ainsi ?

LE JUGE.

Je n'aime pas qu'on raille,
Et, quand je devrais être ailleurs,
Vous faites par trop les railleurs.
Vous ne m'y tiendrez plus ; arrière !
Voulez-vous venir, maître Pierre,
Souper chez moi?

PATHELIN.

Je ne puis.
Le Juge s'en va.

SCÈNE V.

PATHELIN, LE DRAPPIER,
LE BERGIER.

—

Le Drappier, à Pathelin.

Ha ! qu'es-tu fort lierre !
Dictes : seray-je point payé ?

Pathelin.

De quoy ? Estes-vous desvoyé ?
Mais qui cuidez-vous que je soye ?
Par le sang de moy ! je pensoye
Pour qui c'est que vous me prenez.

Le Drappier.

Hé, dea !

Pathelin.

Beau sire, or vous tenez.
Je vous diray, sans plus attendre,
Pour qui vous me cuidez prendre :
Est-ce point pour escervelé ?
Voy : nenny, il n'est point pellé,
Comme je suis, dessus la teste.

SCÈNE V.

PATHELIN,　LE　DRAPIER,
LE　BERGER.

—

LE DRAPIER.

　　　　　　　Ah !
Maintenant, beau larron, dis : ça,
Vas-tu point me payer ?

PATHELIN.

　　　　　Quoi ? qu'est-ce ?
Nouvelle folie, autre pièce !
Dites pour qui vous me prenez.

LE DRAPIER.

Oui-da !

PATHELIN.

　　Non, beau sire, tenez,
Je vais le dire, sans attendre,
Moi, pour qui vous me voulez prendre :
N'est-ce point pour écervelé ?
Tel sot n'a pas, comme je l'ai,
Ridé le front, chauve la tête.

Le Drappier.

Me voulez-vous tenir pour beste?
C'estes-vous en propre personne,
Vous de vous : vostre voix le sonne,
Et ne le croy point aultrement.

Pathelin.

Moy de moy! Non suis, vrayement.
Ostez-en vostre opinion.
Seroit-ce point Jean de Noyon?
Il me ressemble de corsaige.

Le Drappier.

Hé dea! il n'a pas le visaige
Ainsy potatif, ne si fade.
Ne vous laissay-je pas malade
Orains dedans vostre maison?

Pathelin.

Ha! que vecy bonne raison!
Malade! Et quelle maladie?
Confessez vostre conardie :
Maintenant elle est bien clere.

Le Drappier.

C'estes vous! je regnie sainct Pierre!
Vous, sans aultre, je le sçay bien
Pour tout vray!

LE DRAPIER.

Me voulez-vous tenir pour bête,
Et quand je vois ce que je vois ?
Car c'est vous, bien vous. Votre voix
Clairement me le crie et sonne
Que c'est vous, en propre personne,
Oui.

PATHELIN.

Quittez cette opinion.
Serais-je point Jean de Noyon ?
Il me ressemble de corsage.

LE DRAPIER.

Mais non d'audace et de visage.
Chez vous tantôt je vous laissai
Malade !

PATHELIN.

Ah ! raison d'insensé !
Et de quel mal, à votre guise ?
Malade ! Assez, votre sottise
Est claire maintenant pour tous,
Confessez-la donc.

LE DRAPIER.

Oui, c'est vous,
Pour de vrai.

24

Pathelin.

> Or n'en croyez rien ;
> Car, certes, ce ne suis-je mye.
> De vous, onc aulne ne demye
> Ne prins : je n'ay pas le loz tel.

Le Drappier.

> Ha ! je voys veoir en vostre hostel,
> Par le sang bieu, se vous y estes.
> Nous n'en debatrons plus nos testes
> Icy, se je vous treuve là.

Pathelin.

> Par Nostre Dame, c'est cela :
> Par ce poinct le sçaurez-vous bien.

> Le Drappier sort.

PATHELIN.

Ne le croyez mie.
Je ne vous pris aune ou demie ;
Ai-je un tel renom ?

LE DRAPIER.

Je vais voir
Si vous êtes chez vous ce soir.
Céans, si là-bas je vous trouve,
Nous n'en débattrons plus.

PATHELIN.

J'approuve !
Vous saurez tout au mieux par là.

Le Drapier sort.

SCÈNE VI.

PATHELIN, LE BERGIER.

—

Pathelin.

Dy, Aignelet?

Le Bergier.

Bée !

Pathelin.

Vien çà, vien?
Ta besogne est-elle bien faicte?

Le Bergier.

Bée !

Pathelin.

Ta partie est retraicte :
Ne dy plus Bée; il n'y a force.
Luy ay-je baillé belle estorse?
T'ay-je point conseillé à poinct ?

Le Bergier.

Bée !

SCÈNE VI.

PATHELIN, LE BERGER.

—

PATHELIN.

Viens, Aignelet, dis.

LE BERGER.

Bée !

PATHELIN.

Or çà,
Ta besogne est-elle bien faite ?

LE BERGER.

Bée !

PATHELIN.

Assez, puisqu'il fait retraite.
Quelle entorse je lui baillai !
Ne t'ai-je pas bien conseillé ?

LE BERGER.

Bée !

Pathelin.

Hé dea! On ne te orra point!
Parle hardiment : ne te chaille.

Le Bergier.

Bée!

Pathelin.

Il est jà temps que je m'en aille.
Paye-moy.

Le Bergier.

Bée!

Pathelin.

A dire voir,
Tu as très-bien faict ton devoir,
Et aussy bonne contenance.
Ce qui luy a baillé l'advance,
C'est que tu t'es tenu de rire.

Le Bergier.

Bée!

Pathelin.

Quel Bée! Il ne le fault plus dire.
Paye-moy bien et doulcement.

Le Bergier.

Bée!

PATHELIN.

On n'entend plus, qui t'effraye ?
Parle.

LE BERGER.

Bée.

PATHELIN.

Il faut partir, paye.

LE BERGER.

Bée.

PATHELIN.

Ah ! tu fis ton devoir, vrai,
Très-bien. Ce qui l'a déferré,
C'est que tu t'es tenu de rire.

LE BERGER.

Bée !

PATHELIN.

A quoi bon encor le dire ?
Paye-moi bien, et doucement.

LE BERGER.

Bée !

Pathelin.

Quel Bée! *Parle sagement,*
Et me paye! Si m'en iray.

Le Bergier.
Bée!

Pathelin.

Scez tu quoy je te diray?
Je te prie, sans plus m'abayer,
Que tu penses de moy payer.
Je ne vueil plus de bayerie.
Paye-moy.

Le Bergier.

Bée!

Pathelin.

Est-ce mocquerie?
Est-ce à tant que tu en feras?
Par mon serment! tu me payeras,
Entends-tu, se tu ne t'envolles!
Çà, argent.

Le Bergier.

Bée!

Pathelin.

Tu te rigolles!
Se parlant à lui-même.
Comment! N'en auray-je autre chose?

PATHELIN.

Allons, parle sagement,
Et me paye, et que je m'en aille.

LE BERGER.

Bée!

PATHELIN.

Eh, quoi! Se peut-il qu'il faille
Te dire que tu dois payer,
A présent, sans plus m'abayer?
Paye-moi, ne bêle plus.

LE BERGER.

Bée!

PATHELIN.

Est-ce feinte, ou raison tombée?
Autrement ne veux-tu parler?
J'en jure : à moins que t'envoler,
Tu payeras.

LE BERGER.

Bée!

PATHELIN.

Est-ce qu'il m'ose
Jouer?

Se parlant à lui-même.

Quoi! n'aurai-je autre chose
De lui? Comment!

25

Le Bergier.

Bée!

Pathelin.

Tu fais le rimeur en prose!
Et à qui vends-tu tes coquilles?
Scez-tu qu'il est? Ne me babilles
Meshuy de ton Bée, et me paye.

Le Bergier.

Bée!

Pathelin.

N'en auray-je autre monnoye?
A qui cuides-tu te jouer?
Et je me devoye tant louer
De toy! Or fay que je m'en loë.

Le Bergier.

Bée!

Pathelin.

Me fais-tu manger de l'oë?
Maugré bieu! Ay-je tant vescu
Qu'un bergier, un mouton vestu,
Un villain paillart, me rigolle?

Le Bergier.

Bée!

LE BERGER.

Bée.

PATHELIN.

Ah! tu fais
Le rimeur en prose ici ; mais
Sais-tu bien, quand tu me babilles
Bée! à qui tu vends tes coquilles?

LE BERGER.

Bée!

PATHELIN.

Ai-je un tel jeu pour mes frais?
Tu m'as dit que je me louerais
De ton argent ! Fais m'en la joie.

LE BERGER.

Bée!

PATHELIN.

Il me fait manger mon oie.
Par le diable ! ai-je tant vécu
Pour qu'un berger, mouton vêtu,
Me berne ?

LE BERGER.

Bée!

Pathelin.

N'en auray-je autre parolle ?
Se tu le fais pour toy esbatre,
Dy-le : ne m'en fais plus debatre.
Vien-t'en souper à ma maison.

Le Bergier.

Bée !

Pathelin.

Par sainct Jean ! tu as bien raison :
Les oysons menent les oes paistre.

A lui-même.

Or cuidois-je estre sur tous maistre
Des trompeurs d'icy et d'ailleurs,
Des forts coureux, et des bailleurs
De parolles en payement,
A rendre au jour du Jugement :
Et un bergier des champs me passe !

Au Bergier.

Par sainct Jacques ! si je trouvasse
Un bon sergent, te feisse prendre.

Le Bergier.

Bée !

PATHELIN.

> Ah! je n'en tire
> Que ce mot! Dis si c'est pour rire,
> Et finis-en. A ma maison
> Viens souper.

LE BERGER.

> Bée!

PATHELIN.

> Il a raison.
> L'oison mène l'oie aux prés paître.
> Des trompeurs je me crus le maître,
> Qui baillent des mots en payement
> A rendre au jour du Jugement;
> Et ce berger des champs me passe.

Au Berger.

> S'il se pouvait que je trouvasse
> Un bon sergent, tu serais pris.

LE BERGER.

> Bée.

Pathelin.

Heu, Bée! *L'en me puisse pendre,*
Se je ne voys faire venir
Un bon sergent! Mesavenir
Luy puisse-il, s'il ne l'emprisonne!

Le Bergier, s'enfuyant.

S'il me treuve, je luy pardonne!

CY FINE PATHELIN.

PATHELIN.

Ah ! tu ferais d'autres cris
Que *Bée* alors ! Oui, sans attendre,
J'en jure, ou qu'on me puisse pendre,
Je vais ici faire venir
Un bon sergent pour te punir.
Gare à lui s'il ne t'emprisonne !

LE BERGER.

S'il me trouve, je lui pardonne.

ICI FINIT PATHELIN.

IMPRIMÉ PAR D. JOUAUST

POUR LA LIBRAIRIE DES BIBLIOPHILES

Rue Saint-Honoré, 338, à Paris

NOVEMBRE M DCCC LXXII

LES

PETITS CHEFS-D'ŒUVRE

Nous donnons sous ce titre les petites œuvres des grands écrivains, ainsi que les petits chefs-d'œuvre d'auteurs dont souvent un seul ouvrage a fait la réputation.

Quoique cette collection ne doive comprendre que des ouvrages connus, néanmoins le luxe avec lequel elle est imprimée la destine encore à un public d'élite; aussi le tirage en est-il fait à petit nombre. Il est tiré en outre 50 exemplaires de choix, dont 25 sur papier de Chine et 25 sur papier Whatman.

La collection des *Petits Chefs-d'œuvre*, étant absolument identique à celle du *Cabinet du Bibliophile* pour le format et pour les conditions typographiques, pourra figurer à côté d'elle dans les bibliothèques. Seulement, le chiffre du tirage étant moins restreint, le prix des volumes sera moins élevé. — Malgré l'avantage que présente, dans la vente d'une collection, l'établissement d'un prix uniforme, nous avons adopté des prix différents suivant la contenance des volumes. Nous avons cru devoir conserver à chaque ouvrage son individualité, ne voulant pas être obligé, pour atteindre à un certain nombre de pages, de réunir parfois des productions qui n'eussent entre elles aucune analogie.

EN VENTE

Voyage autour de ma Chambre . . . . 2 fr. 50
Turcaret. . . . . 3 fr. 50
Ver-Vert, etc. . . . . 2 fr. »
La Servitude volontaire . . . . 2 fr. 50

SOUS PRESSE

Contes d'Hamilton, 4 volumes.

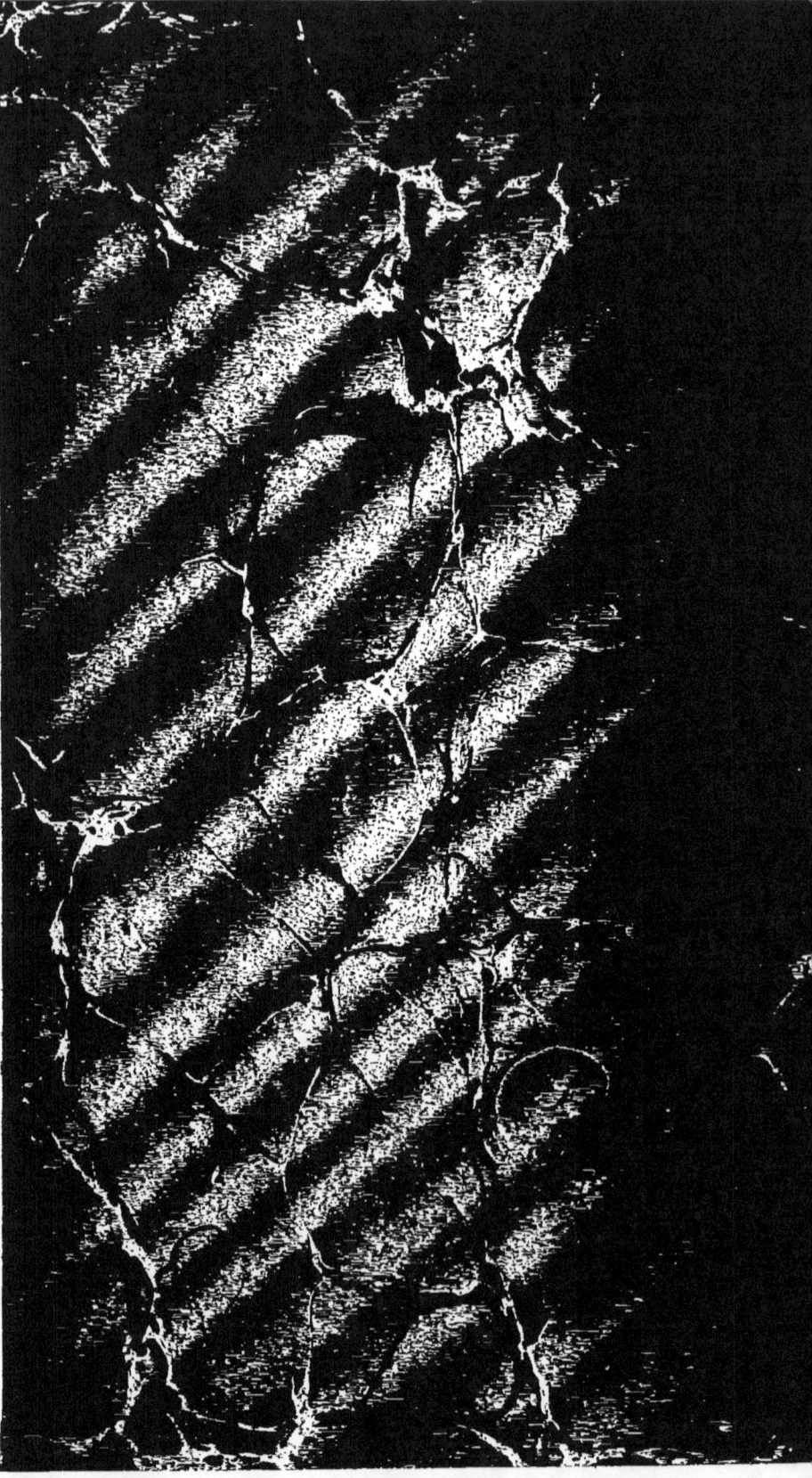

www.ingramcontent.com/pod-product-compliance
Lightning Source LLC
Chambersburg PA
CBHW061445030726
47503CB00005B/1573